Laurent Merigeault

Le Maudit

roman

Éditions Dédicaces

LE MAUDIT,
par LAURENT MERIGEAULT

ÉDITIONS DÉDICACES INC.
675, rue Frédéric Chopin
Montréal (Québec) H1L 6S9
Canada

www.dedicaces.ca | www.dedicaces.info
Courriel : info@dedicaces.ca

2

Laurent Merigeault

Le Maudit

Le Maudit, titre extrait de l'album
éponyme de Véronique Sanson, a reçu
l'accord de l'artiste.

L'AUTEUR.

Remerciements

Tout d'abord un grand merci à Véronique Sanson et à Thierry Rollet, sans qui ce roman n'existerait pas, également à celles et ceux qui ont été là, de près ou de loin : Nadine, pour ses patientes relectures, Nadine Jussic, Coryne Clerc, Martine Duflos pour leurs conseils avisés.

Chapitre 1

Jacques poussa l'imposante porte devant lui. Le lourd battant en chêne massif, avec sa poignée en laiton usée par le temps, se referma derrière lui sèchement. Le bruit se perdit dans dédale de couloirs sonores. Impressionné par la majesté du lieu, il monta doucement le monumental escalier en pierre, tout en caressant la rambarde victorienne en fer forgé. Arrivé sur un palier, il s'attarda un instant pour reprendre son souffle.

La porte du palier s'ouvrit, une femme sortit, blonde, la soixantaine élégante, exhalant un parfum qui flotta un moment dans l'air et tarda à s'évanouir. Celle-ci attira l'œil de Jacques, ce qui fit retarder son entrée dans le bureau du secrétariat du cancérologue conseillé par son médecin habituel. L'endroit, refait à neuf, sentait encore bon la peinture fraîche. Une secrétaire, jolie trentenaire pimpante dans son pull de marque avec un col en vé où l'on devinait une naissance de seins généreux, tourna la tête vers la porte et se mit à sourire. Elle demanda le nom de l'arrivant, prit posément une règle et raya une case sur un planning. Jacques alla s'asseoir dans ce qui lui fut désigné comme le « salon d'attente » ; une table basse encombrée de divers journaux et revues, des fauteuils Voltaire, une moquette rouge brique, sensés donner un aspect convivial à l'endroit. Jacques occupa une chaise et attrapa un de ces magazines où les stars internationales estiment qu'elles ont une vie de merde, car elles se sont cassé un ongle le matin. Ce fut Dominique Strauss-Khan en couverture d'un *Nouvel Obs* qui l'attira. Le scandale, maintenant vieux de trois mois, une éternité pour un événement médiatique, continuait cependant à monopoliser quelques colonnes de périodiques européens. Il l'ouvrit et se rendit aussitôt à la page de l'article vanté par la couverture, malheureusement, ce n'était qu'un remâché d'événements dont toute la planète avait entendu parler. Un autre tabloïd attira son œil. Celui-ci évoquait les troubles de plus en plus grandissants au Mali. Les islamistes armés d'AQMI tentaient de partitionner le territoire, mais aussi, de plonger le pays dans un abîme d'obscurantisme religieux et d'intolérance. Jacques considéra que les populations ne se laisseraient pas faire, ce qui pourrait pousser la France à intervenir pour ramener le calme dans le pays. L'article lu, il s'intéressa aux sorties littéraires prévues pour l'automne. Il commençait l'article d'un critique littéraire quand la porte du cabinet s'ouvrit, une créature aux cheveux rouge feu en sortit, affublée d'une minijupe en jeans et un collant multicolore dessous, elle serra la main du spécialiste et se dirigea vers la sortie. Jacques jeta un regard vague sur elle et la trouva jolie avec sa chevelure soignée qui cachait une petite veste trois-quarts rouge avec un motif tartan harmonieux. Arrivée à la porte, la rousse se retourna et ce fut le choc. La moitié du visage de la femme était horriblement fripée, comme si elle avait été serrée dans un étau ; tout était déformé, torturé, seuls les yeux avaient gardé leur bleu intense. Jacques frissonna et se demanda ce qui avait bien pu arriver à cette femme, quelle étrange maladie l'avait-elle frappée. Désorienté, il posa négligemment le magazine qu'il n'avait pas eu le temps de finir, se leva, serra la main du spécialiste et entra dans le cabinet.

L'homme de science, en blouse blanche et Smalto dessous, referma la porte derrière lui, sans bruit. L'endroit était feutré, gardien de secrets et de non-dits. Ici, rien ne sort, rien ne transpire, sauf les clients quand ils apprennent la mauvaise nouvelle qui fera que rien ne sera plus jamais comme avant. C'était la deuxième fois que Jacques franchissait cette porte, s'installait dans ce fauteuil d'un confort moyen aux accoudoirs usés par tant de passages et de visites. Pour la deuxième fois, il s'étonnait du désordre qui régnait dans la pièce, des piles de dossiers à terre, autant sur le bureau, une bibliothèque remplie d'ouvrages médicaux aux noms compliqués, des bibelots et

8

objets publicitaires offerts par les visiteurs médicaux. Le maître des lieux fit le tour du fauteuil, puis celui du bureau, attrapa le premier dossier d'une pile, le posa et l'ouvrit. Après une profonde inspiration et quelques instants de silence, véritable torture pour l'esprit de Jacques, le professeur ouvrit le bal.

— M. Riché, tout d'abord, comment vous sentez-vous aujourd'hui ?

L'interpellé resta pensif un instant.

— J'ai toujours cette douleur au côté droit, constamment, par contre, mes migraines ont disparu depuis ma dernière visite chez vous.

Un sourire satisfait apparut sur le visage encore jeune du praticien qui se tourna vers son ordinateur, tapota quelques touches, manipula sa souris et après quelques onomatopées de réflexion post lectures d'écran, pivota vers Jacques.

— Donc, vous me dites que la médication anti migraine que je vous ai prescrite est efficace, n'est-ce pas ?

— Oui, c'est cela.

— Et vos états dyspeptiques, où en est-on ?

— … ?

Le professeur s'énerva devant l'incompréhension de son patient.

— Vous m'aviez parlé la dernière fois d'un problème de diarrhée persistante, ça continue ?

Jacques se rajusta dans son fauteuil.

— Bof, ça disparaît pendant quelques jours, puis ça revient. J'ai réduit le café, l'alcool et je mange raisonnablement, comme mon médecin m'a conseillé.

Derrière son bureau, la blouse blanche approuva de la tête, se replongea dans le dossier papier devant lui et revint vers Jacques. Le masque de gêne sur le visage du professeur lui créa une sueur froide dans le dos. S'il n'y avait eu le bruit ténu de la ventilation de l'ordinateur, on aurait pu croire que le temps venait de s'arrêter. Les deux hommes se jaugeaient. L'un détenait une vérité qu'il avait à dire, l'autre attendait celle-ci, l'angoisse vissée au ventre, avec le sublime espoir qu'elle ne serait pas fatale pour l'avenir.

Le porteur de la blouse blanche jeta un œil furtif sur le coin droit de son ordinateur, là où se trouvait toujours une petite pendule analogique stylisée. Il apprécia le laps de temps dont il disposait pour annoncer ce qu'il avait à dire. Instinctivement, il se souvint d'un cours à la Faculté de médecine, où le débat avait été passionnant, mais houleux. Lui, le discret Jean Pascal d'Alembert, étudiant en quatrième année, avait osé interpeller le doyen en chaire pour mettre en doute son propos, qui était en substance : doit-on cacher aux patients atteints d'une maladie incurable leur mort à brève échéance, ceci afin de ne pas les accabler plus encore et essayer de redonner de l'espoir ou du moins un semblant de réconfort. Le vieux professeur, habitué à plus de retenue, demanda au petit contestataire de se rasseoir pour qu'il puisse reprendre son cours. L'étudiant refusa catégoriquement en évoquant le fait que les patients devaient connaître leur état de santé exact, ce qui pouvait les aider à se préparer à une fin de toute façon inéluctable. À la fin de son discours, nombre d'élèves présents exprimèrent leur accord avec ses propos. Le professeur, désavoué et furieux, prit son chapeau et quitta l'amphi sous quelques quolibets le traitant de rétrograde et de cynique. Cet épisode avait valu à l'étudiant l'admiration de quelques condisciples, devenus des amis par la suite, mais surtout, d'avoir provoqué l'intérêt d'une jeune fille blonde aux yeux verts qui se trouve être maintenant son épouse et la mère de leurs deux enfants. Ce moment-là, il se le remémorait immanquablement à chaque fois qu'il avait à annoncer une grave nouvelle à un patient. Une inspiration profonde et il se lança :

— M. Riché, je n'ai pas l'habitude de cacher à mes patients leur état, mais votre cas nous rend perplexes. Je dis bien « nous », car la semaine dernière, j'étais en colloque à Berlin et votre cas a été évoqué.

Jacques fit une moue dubitative.

« *Allons bon* » pensa-t-il, « *voilà que l'on parle de moi dans toute l'Europe* »

— Je vous rassure, reprit le spécialiste, votre nom n'a pas été cité, seulement votre pathologie.

— Cela ne me rassure pas vraiment, docteur.

— Comme je vous l'ai dit tout à l'heure, je ne vous cache pas que votre maladie est grave. C'est un cancer. Vous vous en doutiez, n'est-ce pas ?

Jacques se rajusta à nouveau dans le fauteuil qu'il trouvait de plus en plus inconfortable.

— Oui, un peu, avec mon médecin, nous avions des soupçons, mais sans plus.

Le cancérologue hocha de la tête et reprit :

— Le cancer qui vous atteint est connu ; un animateur de télévision est décédé des suites de cette maladie. Pour son cas, il est fort possible qu'il y ait eu un terrain favorable, les parents de cette personne étaient d'origine hongroise et russe. Le cancer de l'estomac, comme le vôtre, est très fréquent dans les pays de l'Est. Considérablement moins chez nous. Pour votre information, 800 cas sont détectés par an en Suisse. Ce nombre diminue chaque année. Pour vous et comme dans tous les cas de cancers, il se produit une prolifération anarchique de cellules, certaines d'entre elles se divisent et deviennent malignes.

Le cancérologue fit une pause.

— Suis-je assez clair pour vous, M. Riché ?

— Oui, oui, docteur, je vous écoute.

— Bien. La cause du changement de nature des cellules provient de la présence dans votre estomac d'une bactérie appelée « *Helicobacter pylori* », cette bactérie est présente dans environ 50 % de la population mondiale. La plupart des gens ne savent même pas qu'ils sont porteurs de cette bactérie. Mais, dans certains milieux favorables, celle-ci provoque des inflammations extrêmement ressemblantes aux ulcères de l'estomac qui sont bénins dans la majorité des cas. Avez-vous eu des cas d'ulcères dans votre famille ?

Jacques se mit à réfléchir un instant.

— Ma mère et plusieurs de mes tantes ; quand j'étais plus jeune, j'ai entendu parler qu'une d'entre elles serait morte de ça.

— La mort par un ulcère à l'estomac reste rare, voire très rare. Le membre de votre famille décédé a sûrement succombé à un cancer de l'estomac non soigné ou autre chose, je ne peux

11

savoir en l'état. En ce qui vous concerne, depuis quand vous a-t-on diagnostiqué d'éventuels ulcères gastriques ?

— Il y a un an, à peu près.

Le spécialiste ouvrit de grands yeux.

— Un an ? Et quelle médication vous a-t-il préconisée ?

— Des antalgiques principalement. Il m'a m'interdit formellement l'aspirine.

— Donc, votre médecin actuel croit dur comme fer que vous n'avez que de banals ulcères, en somme.

— Non, docteur, c'était mon ancien médecin qui était certain de cela, son remplaçant m'a fait faire des examens et m'a envoyé vers vous.

Le spécialiste, déstabilisé, regarda à droite, puis à gauche, son ordinateur, puis Jacques. Les propos tenus par la personne devant lui traduisaient parfaitement l'esprit obtus de certains médecins sûrs de leurs diagnostics et qui s'enfoncent dans des erreurs parfois fatales. Il lui fallait expliquer que son bon vieux médecin s'était un peu égaré et que le temps perdu, qui ne se rattrape jamais, allait être extrêmement dommageable pour lui. Quoi qu'il en soit, il fallait qu'il sache, autant en finir tout de suite.

— Donc, nous avons perdu un an. C'est fâcheux. Si j'en crois vos derniers résultats, il y a tout lieu de penser que vos ganglions lymphatiques sont atteints, le volume de la tumeur semble important, par d'autres examens approfondis, nous pourrions savoir si des métastases n'auraient pas envahi des organes périphériques ou des tissus. Auquel cas...

Jacques coupa sèchement le discours du spécialiste.

— Je suis foutu, n'est-ce pas ?

L'homme en blouse blanche rentra dans ses épaules comme pour parer un éventuel coup. Il fixa les yeux du patient devant lui et lâcha :

— Il vous reste six mois à vivre, au mieux.

12

Chapitre 2

Jacques sortit de l'immeuble haussmannien. Une bourrasque de pluie glaciale le gifla, il frissonna et releva son col. Des femmes, jeunes ou voulant le paraître, passaient devant lui, pressées et emmitouflées dans des doudounes qui les faisaient ressembler à des chenilles de couleur sombre qui se seraient verticalisées. Ces vêtements étaient peut-être efficaces contre le froid, mais le côté esthétique avait été quelque peu occulté. Un groupe d'hommes passa, portant tous le même parapluie sombre, manteaux noirs, cravate beige, chapeaux gris comme un ciel d'orage en été.

« *Des avocats* » pensa Jacques.

Le groupe s'éloigna, parlant haut et fort d'affaires judiciaires et de code pénal. Ils prirent la direction du grand escalier menant au palais de justice tandis que lui, bifurqua à droite, longea la vitrine d'un philatéliste, d'une librairie spirituelle puis celle d'une agence de voyages où une fille en bikini posée à plat sur la vitre promettait le soleil et la chaleur garantie dans des îles paradisiaques pour une somme modique, selon eux. Jacques regarda la fille d'un œil distrait, puis la somme demandée pour le paradis loin d'ici. « *1849 euros !* » s'écria-t-il, « *Et pour une semaine, ils n'y vont pas avec le dos de la cuillère !* » La pluie hivernale rendait incongrue la fille de la devanture, tandis que les clients des cafés attendaient béatement derrière les vitres que la pluie battait généreusement, comme pour leur rappeler qu'il faudrait sortir pour subir le déluge et que c'était surtout la seule issue.

S'éloignant du quartier, il s'aperçut que les illuminations de Noël venant d'être enlevées, les rues allaient donc retrouver le soir une ambiance triste et sombre d'une ville de province. Il ne voulait pas être dehors quand la nuit allait tomber, mais, déboussolé, il ne savait où aller. Tout en ralentissant son pas, Jacques chercha à s'économiser, car une fatigue grandissante était en train de monter en lui. C'était le contrecoup de la nouvelle. Il sentait confusément qu'il n'était plus rien ou pas grand-chose désormais. Lui, Jacques Riché, directeur commercial respecté, écouté, *« le meilleur d'entre nous »* avait dit le fondateur de la société avant son départ à la retraite dont le décès surprit tout le monde, un an plus tard. *« Un cancer, lui aussi »* pensa Jacques, tout en longeant les murs lépreux du nouveau commissariat dont le béton avait mal résisté à la pollution et aux intempéries. L'architecture, sévère et angulaire, était digne des meilleurs dessins de Druillet dans les voyages de Peter Sloane. Au rond-point de la Préfecture, il tourna à gauche et prit le boulevard Victor Hugo. Le lycée du même nom, en face de Jacques, commençait à déverser dans la rue la jeunesse poitevine en attente d'un bus, d'un parent en 4x4 allemand ou en modeste berline française, selon la fortune de chacun. La mixité sociale semblait fonctionner sans heurts dans cet établissement, les couches aisées, celles moins favorisées, les jeunes issus de l'immigration, tout ce monde se côtoyait chaque jour en bonne entente et sous le contrôle quasi militaire de toute l'équipe de surveillants de l'établissement.

Jacques s'engouffra dans le café en face du lycée. Il était 16 h 30, ceux ou celles qui n'avaient pas de transport dans l'immédiat venaient s'y réfugier, surtout depuis que le froid piquant de l'hiver avait fait son apparition sur la région. Jacques se dirigea vers le fond, avisa une banquette libre et s'y posa avec délice, quitta son pardessus et son écharpe qu'il cala à côté de lui. Le serveur derrière son comptoir s'affairait autour de sa machine à café, le petit noir était à la mode en ces temps frileux. Jacques observa autour de lui. Deux filles étaient collées serrées sur une banquette devant leurs consommations. L'une, brune aux cheveux courts et yeux gris, chuchotait plus qu'elle ne parlait à la blonde porteuse d'une longue chevelure désordonnée façon BB dans les années 60. La blonde écoutait sa voisine, mais semblait être ailleurs, comme absorbée par la vitrine donnant sur la rue, elle attendait quelqu'un, *« un amoureux, peut-être ? »*. Cependant, un aspect fit penser à Jacques qu'il se trompait peut-être. Son angle de vue par rapport aux filles lui permettait de voir les jolies jambes de la

14

blonde, le jeans informe de la brune et entre elles, deux mains enlacées, il se mit à sourire. Quel âge pouvaient-elles avoir ? 16 ans, 17 ans à la limite, l'âge où les amours ne se contentaient plus de baisers furtifs à la sortie du lycée au vu de tout le monde. Présentement, c'était deux filles qui s'aimaient, l'affaire était grave, il fallait que personne ne sache. Une fois leur relation entamée, elles déployaient des trésors de ruses et d'astuces pour se voir, se rencontrer, s'aimer. La blonde n'attendait pas un amoureux, c'était maintenant évident, mais plutôt sa mère ou son père, contre lesquels elle se battait pour qu'ils ne sachent pas, qu'ils ne voient pas et encore mieux, qu'ils ne se doutent de rien. Le doute, pervers sentiment, amenait l'interrogatoire, les questions, l'inquisition dans le monde fragile dans lequel elle s'était cloîtrée, loin de ses parents tendance catho, enfermés dans leurs certitudes indéboulonnables. Soudain, les deux mains se séparèrent, un homme entra dans le bar, Jacques pressentit aussitôt la scène qui allait se jouer.

L'individu, quarante-cinq ans, élégant, costume bonne coupe, chaussures impeccables, cheveux grisonnants et barbe parfaitement taillée, s'approcha de la table des filles. Instantanément, la blonde se métamorphosa aussitôt en une fille sage, studieuse et réservée comme le voulait ou l'espérait son géniteur qui se trouvait maintenant devant elle. Celle-ci colla un sourire sur ses lèvres et se leva après avoir fait à sa voisine une bise très sage. Le père, ému devant le touchant de la scène, s'éloigna vers la sortie. La brune, qui aurait apprécié un peu plus de lascivité dans cet au revoir, mit une moue sévère sur son visage. La blonde fit deux pas et revint, lui glissa un mot dans l'oreille, aussitôt, un certain sourire lui revint.

— Éliane, tu viens, je dois récupérer Nathan aussi, fit le père, impatient.

Effrontément, leurs deux mains s'effleurèrent, puis l'une quitta le bar sous le regard implorant de l'autre. L'esseulée scruta son smartphone et sortit un livre. Jacques reconnut immédiatement *Bonjour, tristesse* de Françoise Sagan. « *C'est de circonstance* », pensa-t-il. Mais une autre pensée, plus sombre, chassa celle-ci. Le prénom prononcé par le père de la blonde avait réveillé en lui des souvenirs lointains enfouis au plus profond de sa mémoire. « *Éliane !* » Combien d'années avaient

15

passé ? Trente ou peut-être plus ? Jacques y réfléchissait quand le serveur vint vers lui. Celui-ci tendit sa main.

— Bonjour, Jacques, ça fait un bail que l'on ne t'a pas vu par ici.

L'interpellé releva la tête.

— Ah, c'est toi Vincent, excuse-moi, je n'ai pas osé te déranger tout à l'heure, tu avais l'air occupé.

— Pas grave, tu prends quoi ?

— Un grand café et un verre d'eau.

Le serveur s'éloigna, ramassa au passage deux tasses à café sur une table et retourna derrière son comptoir.

Jacques tentait depuis un moment de se souvenir quand il avait rencontré cette fameuse Éliane. Sa première gorgée de café brûlant l'aida à se souvenir, quand d'un coup, tout devint clair. Il y avait bien trente ans et même trente-huit ans par-dessus le marché, dans ce même lycée, qu'il avait fait connaissance de cette fille arrivée quelques années auparavant. Elle était brune, plutôt jolie, mais sa petite taille faisait que les garçons de la classe ne s'intéressaient pas à elle. Sauf Jacques, le timide, le réservé, le pudique. De rapprochements en rendez-vous, les deux jeunes gens finirent par se côtoyer, inséparables dans la cour du lycée. Dans la chaleur de l'été suivant et avec l'intime complicité d'une chambre de lycéen, ils se découvrirent amants, heureux, amoureux.

L'automne vint. La pluie, à peine tiédie par un soleil en train de pâlir, n'avait pas douché les espoirs des deux tourtereaux. Puis, il y eut cette fameuse soirée, cette « boum » comme on disait à l'époque. Jacques, sur sa mobylette bleue, héritage d'un oncle décédé, vint chez Éliane pour l'emmener à la soirée organisée par une fille de la classe. En entrant, il vit tout de suite que quelque chose clochait. Éliane était blanche comme un linge, elle sortait des toilettes. La voix caverneuse et fatiguée, elle annonça à Jacques qu'elle n'irait pas à la soirée : elle n'avait pas été dans son assiette toute la journée et ne se sentait pas d'attaque pour une sortie. Jacques se proposa pour rester avec elle. En mettant son doigt sur la bouche, elle le poussa doucement dehors et claqua la porte derrière elle. Sur le ton de la confidence, elle murmura :

— Non, tu ne peux pas rester : ma mère soupçonne fortement que nous couchons ensemble. Tu comprends, elle n'est pas très moderne, un peu vieux jeu. Les choses vont se calmer, on se verra plus tard, d'accord ?

Jacques acquiesça. En reprenant son engin motorisé, un moment, il pensa rentrer chez lui, puis au détour d'un quartier, prit finalement le chemin de la fameuse soirée. En sortant de la ville, il laissa la banlieue derrière lui et s'engagea sur une route asphaltée récemment menant à de discrets quartiers résidentiels, là où les maisons se perdaient dans des domaines boisés. Au bout de deux kilomètres, il vit une pancarte sur sa droite avec un prénom écrit dessus. Il tourna au portail ouvert et parcourut au pas le reste du chemin jusqu'au sous-sol de pavillon où se trouvait la « boum ». Le modeste phare du cyclomoteur permit tout de même à Jacques d'apercevoir dans la cour une BMW et une Renault 30, aussi récentes l'une que l'autre.

« *Eh bien, ça sent le pognon, ici* » pensa-t-il en garant son engin le long d'un mur.

La musique battait son plein, *Visage* et son *Fade To Grey* envahissaient la pièce avec leur tempo *New Wave* qui allait influencer toute la musique dans la prochaine décennie. Avec son blouson de cuir, son jeans quelque peu usé et ses chaussures avachies, mais propres, il se sentait un peu en décalage avec cette jeunesse aisée ici présente. Son sentiment s'estompa quand il vit Raoul en grande tenue punk et crête rouge assortie. Évelyne était toute de noir vêtue façon « veuve sicilienne » sorte d'avant-garde à la mode gothique. Nathalie, Fred, et d'autres étaient aussi présents, mais aucun d'eux n'était sur leur trente-et-un.

L'organisatrice, Claire, en jeans noir ultra-moulant et tee-shirt généreusement échancré vint sauter au cou de Jacques. Il était de notoriété publique qu'elle en pinçait pour lui, mais ce n'était pas vraiment réciproque, surtout depuis qu'il avait appris qu'elle fréquentait souvent une bande de jeunes banlieusards amateurs de haschisch et d'alcools forts. Les filles de la bonne société de la ville aimaient s'encanailler auprès de petits voyous de la zone, c'était une façon de frissonner dans

17

leur vie réglée comme du papier à musique : études primaires, secondaires, université, études supérieures pour les plus douées, le mariage pour les autres, maison, gosses, etc. Jacques n'était pas loin de lui trouver du charme finalement, mais il était avec Éliane, il aimait ses gros seins, ses hanches rondes, sa façon de faire l'amour, tout en douceur...

— Jacques ! fit-elle en minaudant, où est donc Éliane ?

— Pas pu venir, elle est malade.

— Tiens, donc tu es tout seul ce soir, c'est intéressant...

Elle dégagea ses bras et s'éloigna avec un sourire enjôleur et dans un déhanché à damner une légion d'eunuques vieillissants. Jacques admit qu'elle avait des arguments solides en pointant son regard sur le postérieur qui rejoignait les autres invités dans la salle. Il s'accouda au « bar » fait de deux planches solides montées sur des barriques. L'adulte qui tenait les lieux s'approcha.

— Une bière, s'il vous plait.

L'homme revint avec une Kronenbourg basique, Jacques n'insista pas et commença sa bouteille. La sono, de bonne facture, débitait maintenant des tubes de Cloclo, de Barry White, l'indispensable Patrick Hernandez fit son apparition sonore puis la jeune génération *New Wave* revint prendre possession des hautes baffles posées à même le sol de chaque côté de la « régie son » les lumières, la musique, tout était parfait, les parents de Claire avaient mis le paquet pour cette soirée. Une série de slows passa, Claire essaya d'attirer Jacques, mais n'y parvenant pas, elle alla se consoler dans les bras de Julien, un grand dégingandé blond, surdoué pour les études, mais incapable d'arriver à l'heure au lycée. Son paternel, chef de cabinet du préfet, venait rendre visite au proviseur quand les menaces d'expulsions se faisaient précises ; tout rentrait dans l'ordre une fois le père parti.

Pour le moment, celui-ci était tellement ébahi de tenir cette beauté dans ses grands bras, que ses mains n'osaient pas quitter la taille fine de la fille. Elle, ne perdant pas de temps, s'était vite collée contre son partenaire. Quand son regard rencontra celui de Jacques, elle lui fit un clin d'œil, il lui répondit par un timide sourire. Maintenant, il s'ennuyait, regrettant d'être venu.

18

Les slows se terminèrent, la musique disco et ses orchestrations sirupeuses reprirent le rythme des danses dans la salle. Jacques commanda une troisième bière. Le regard de désapprobation du serveur lui fit comprendre qu'il n'en aurait pas une suivante, c'était une façon comme une autre d'éviter certains débordements dus à l'excès d'alcool. Il entama sa bière. Finalement, il se sentait bien, grisé par la musique, les filles, l'ambiance. Un groupe d'invités arriva, Claire les reçut. Une fille se détacha du groupe et vint au « bar ». Jacques, qui regardait Raoul s'agiter dans un pogo d'enfer, se tourna. Le regard de la fille et le sien se croisèrent et il y eut un instant figé. Jacques n'entendait plus rien, ne voyait plus qu'elle. Hébété, son regard devint interrogateur sur l'arrivante. Celle-ci se mit à sourire de façon énigmatique, tout riait chez elle, ses lèvres, ses pommettes hautes, ses yeux gris bleu. Irrésistiblement, il se sentit attiré vers cette fille en jeans sombre, très mince, son épaisse chevelure châtain clair retombant dans son dos ajoutait un charme fou à sa beauté, il voulait savoir ce qui lui arrivait et surtout, qui elle était.

L'abordage fut facile, la victime consentante. Jacques apprit rapidement qu'elle s'appelait Marie-Élisabeth, mais qu'elle préférait simplement Marie. Elle étudiait dans un lycée privé et huppé aux abords de la ville. Sa mère, veuve d'un industriel connu dans la région, s'était remariée avec un homme plus jeune qu'elle, les relations entre beau-père et belle-fille n'étaient pas au beau fixe. Ils discutaient de choses banales quand une série de slows survint. Immédiatement, la fille prit la main de Jacques et, avant qu'il s'en rende vraiment compte, il avait dans ses bras cette fille longiligne qui se moulait contre son corps à mesure que la musique avançait. À la fois effrayé et charmé, il avait laissé se déclarer une bataille dans son esprit, celle-ci serait sans pitié. Il ne savait quoi penser de tout ceci : tout allait trop vite, ce n'était qu'un rêve, il allait se réveiller dans les bras d'Éliane et tout irait bien. Le baiser dans son cou que lui donna la fille dans ses bras le ramena à la réalité. C'est aussi à ce moment qu'il croisa le regard furibard de Claire. Quelle réaction allait-elle avoir en croisant Éliane au lycée le lundi matin ?

Aucune hypothèse ne put le satisfaire et phénomène aggravant, étant témoin direct de la scène, il savait pertinemment qu'elle ne garderait pas le secret, ne serait-ce que pour se venger d'avoir été éconduite dans ses nombreuses tentatives de séduction auprès de lui. L'avenir allait devenir compliqué, il ne fut pas déçu.

Quand il retrouva Éliane le lundi au lycée, tout paraissait normal, Claire semblait avoir été discrète. Pour n'éveiller aucun soupçon, Jacques appelait Marie au téléphone chaque mercredi soir d'une cabine publique située à un carrefour non loin du pavillon de banlieue de ses parents. Ainsi, il devint vite un client assidu au bar-tabac du boulevard Mendès-France. La patronne, ayant vite compris la situation de Jacques, se débrouillait toujours pour avoir un peu de monnaie au fond de sa caisse.

Le printemps fit son apparition. C'était l'année du bac, le vrai. L'année précédente, celui de français avait été obtenu de justesse, presque par miracle ; ses notes n'étant pas mirobolantes, rien n'était sûr. Le drame arriva sans crier gare, fulgurant.

Pourtant, ce lundi avait bien commencé. Début de cours de français, remise des copies après une étude de texte assez poussée sur le thème : *« Emma Bovary, femme moderne ou victime de son époque ? »* Deux semaines avant, Jacques s'arrachait les cheveux pour savoir comment il allait bien pouvoir s'en sortir avec Flaubert et son Emma. Éliane refusa tout net de l'aider sous prétexte que si la prof s'apercevait que leurs copies étaient trop ressemblantes, c'était un zéro et une convocation chez le proviseur, chose qu'elle voulait éviter, s'étant déjà fait remarquer au début de l'été dernier par une tenue trop courte pas du tout au goût de l'établissement. Jacques, irrité, prit acte et se reporta sur Marie qui accepta d'emblée, n'étant pas trop surchargée par ses cours. Le crime fut commis un jeudi soir, la copie remise le vendredi. Le lundi d'après, le résultat ne se fit pas attendre. Mlle Legris, professeure de français dans ce lycée depuis dix-huit ans, avait pour habitude, en rendant ses copies, de commencer par la plus désastreuse et de finir par la plus élogieuse, laquelle était, la plupart du temps, celle de Raoul.

Le début fut comme d'habitude, en commençant par le trio de queue indétrônable : Florine, Pascal et Karim, la suite fut plus anachronique. Éliane, bien placée, s'en sortit avec un douze sur vingt. La prof promenait nonchalamment son éternelle jupe noire moulante dix centimètres au-dessous du genou, ses collants opaques noirs, un chemisier blanc immaculé et son chignon parfait où pas un cheveu, si petit soit-il, ne dépassait. Le rigorisme dans son plus pur style. Jacques n'en était plus à considérer le postérieur de la prof, mais, surtout, il se demandait quand celle-ci allait prononcer son nom. D'ordinaire, c'était déjà chose faite : dix sur vingt, voir onze était bien payé, au vu de ses travaux littéraires. Quinze sur vingt pour l'un, seize sur vingt pour une autre, l'égrenage continuait. Désormais, deux solutions s'offraient à Jacques. Soit elle avait perdu sa copie et il allait devoir tout refaire ou alors la supercherie était découverte et les ennuis allaient arriver en masse. Dix-neuf sur vingt pour Raoul, comme d'habitude. Jacques souffla, il n'y avait jamais personne derrière lui. Contre toute attente, ce ne fut pas le cas.

— Et pour terminer, il nous reste la copie de Jacques, auquel j'ai mis un dix-neuf et demi ; s'il n'y avait cette petite faute d'accent aigu au lieu d'un grave, c'était vingt sur vingt. Vous connaissez bien l'œuvre de Flaubert ?

Panique totale chez Jacques qui chercha une réponse adéquate sans trop de compromission. N'en trouvant pas, il mentit effrontément.

— J'ai lu à peu près tout de Flaubert, mais c'est Emma Bovary qui m'a le plus intéressé.

Derrière ses lunettes rondes, la prof s'étonna. « *Ces gosses tout de même, surprenants quand ils veulent !* » L'affaire s'arrêta là. Du moins, jusqu'à la pause de dix heures. À peine la sonnerie terminée, Jacques était dans la cour. Il lui fallait réfléchir. Éliane ne lui en laissa pas le temps : l'ayant rejoint au plus vite, elle le happa par le bras.

— Dis donc, Jacques, bravo, tu es fier de toi, au moins ?

Devant le visage dur de son amie, il en conclut que ce n'était pas un compliment de sa part.

— Mais, Éliane, j'ai fait de mon mieux, ce n'était pas si mal, non ?

21

Le sourire de Jacques ne calma pas la jeune fille. Elle se rapprocha.

— Qui a fait de son mieux, toi ou la fille que tu as rencontré à cette boum il y à trois mois ?

— …

Son embarras fut pire qu'un simple aveu.

— De toute façon, j'avais des doutes, tu as changé depuis un moment… Et puis, quand je serai partie, tu auras le champ libre pour aller la retrouver.

Ce fut le coup de massue pour lui.

— Comment ça, partie ? Où dois-tu aller ?

Éliane éclata en sanglots.

— Mon vieux est muté à Roubaix, on part dans quinze jours.

— Mais, ce n'est pas possible, c'est ton bac cette année, comment tu vas faire ?

— Je ne sais pas, c'est comme ça avec mon père : deux ans là, trois ans ailleurs, il ne pense qu'à sa carrière dans la banque. Ils l'ont nommé directeur régional et ce con, il a dit oui tout de suite, sans réfléchir.

— Ne sois pas si méchante avec ton père, il pense à vous et à votre avenir…

Elle s'essuya les yeux avec le mouchoir tendu par Jacques et haussa les épaules.

— Notre avenir ? Il s'en fout, ce qu'il l'intéresse, c'est les chiffres, les statistiques et les résultats financiers. Il n'a que ça à la bouche depuis six mois, la performance ! Tu parles, il est performant aussi quand il baise ma mère le dimanche matin et sa secrétaire le reste de la semaine ? Je suis certaine qu'il ignore que je suis au courant.

Jacques resta sans voix jusqu'à la sonnerie de rentrée des classes.

— Écoute, Éliane, il y a peut-être une solution pour que tu restes ici pour finir tes études.

— Laisse tomber, ils ne voudront jamais que je reste. Nous avons été heureux tous les deux, gardons pour nous ces moments-là, tu veux bien ?

Le jeune homme ne répondit rien, mais son regard vers celle qu'il avait aimée avec passion valut réponse.

Ils retournèrent en classe, l'âme en peine, une page venait de se tourner.

***

Le bac en poche, avec mention pour tous les deux, Jacques et Marie partirent passer le mois de juillet à Saint-Gilles Croix de Vie chez une tante possédant une grande maison face à la mer. Moments heureux et balades sur la plage, le nouveau couple, en se découvrant, se forgeait un avenir qui semblait inamovible. D'un BTS commercial en DUT génie chimique à Toulouse pour Jacques et une maîtrise de Lettres modernes pour Marie, les années passèrent vite, puis ce fut la vie active, le mariage, l'arrivée de Matthieu dans le couple et Aurore, quatre ans plus tard, l'année de l'achat de cette maison de ville où ils vivaient encore aujourd'hui.

— Tu as l'air dans la lune aujourd'hui, mon vieux.

Jacques se secoua la tête. Les lycéens étaient partis, la réalité venait de reprendre le dessus.

— Hein ? Ah oui, j'ai eu une journée un peu dure, je vais rentrer. Et toi, Vincent, que deviens-tu ?

— Moi ? Tu te souviens de Suann que j'ai rencontré il y a trois ans au Cambodge ? Maintenant, elle habite avec moi et elle attend un bébé.

— Mais c'est magnifique pour toi ! C'est pour quand, ce petit ?

— Ce n'est pas pour tout de suite, dans six mois environ.

La joie de Jacques retomba vite.

— Six mois ? Tu verras, ça va vite passer.

Chapitre 3

Jacques remontait lentement le boulevard. Trop lentement, son pas n'était plus dans les autres comme avant. Jamais plus il n'irait au rythme de cette femme qui le dépassa sur la gauche, bottes à talons plats frappants sur le trottoir, jupe longue fendue, manteau cintré en croûte de cuir chamois, cheveux mi-longs bruns soignés. Jacques regarda un moment l'inconnue s'éloigner. Il l'imagina belle ou l'ayant été assurément. Quand elle se retourna pour traverser le boulevard, il comprit immédiatement qu'il ne s'était pas trompé. Des yeux verts, derrière des lunettes D & C, magnifiaient cette silhouette qui regarda de gauche à droite, puis alla rejoindre le trottoir en face. La femme s'arrêta, posa sa serviette de cuir marron et sembla chercher quelque chose. Fébrilement, elle fouilla une poche après l'autre, en sortit enfin un portable qu'elle colla à son oreille. La serviette à nouveau en main, elle reprit sa course effrénée vers son mari ou son amant, son appartement, ses enfants.

Un autre exemplaire de cette humanité courant après on ne sait quoi frôla Jacques. Nettement plus jeune, cette fois-ci, elle tenait d'une main un cartable, un sac à main en bandoulière et, de l'autre main, un enfant d'environ cinq ans. Le petit courait presque à côté de sa mère. Quand celle-ci faisait un pas, l'enfant devait en faire presque trois, encore un peu et elle passait au pas de course. L'enfant, lui, suivait, déjà blasé, habitué au rythme de sa génitrice, toujours pressée de le récupérer à l'école, pressée de le faire goûter, pressée de faire le ménage, la cuisine, de répondre aux copines sur Facebook que non, elle n'était pas enceinte pour ce mois-ci, pressée de dîner,

25

de coucher le gosse, puis d'aller au lit à son tour, de faire l'amour avec son homme et de s'endormir en pensant que demain, ce serait pareil. L'excitée et son môme arrivèrent bien avant Jacques au niveau des cabines téléphoniques, ils disparurent sur la gauche, le long de l'immense vitrine de la pharmacie de la place.

Jacques, fatigué, s'arrêta un instant.

Personne ne l'attendait chez lui. Pas même Nitro et Glycérine, leurs deux chats. Véritables vedettes du quartier, ils partaient le matin pour un circuit immuable depuis dix ans : canapé-porte-cour-jardin-parc, maison de la vieille dame en face, canapé-sieste-parc-jardin-cour-porte-canapé. Un vrai programme. De plus, les félins, doués d'un flair hors du commun, ne revenaient que lorsque quelqu'un entrait dans la maison.

Arrivé au niveau de la place de la mairie, il traversa imprudemment la rue, mais aucun véhicule ne vint troubler son parcours. Parvenu de l'autre côté du boulevard, il décida d'une pause. Se tenant aux barrières en aluminium protégeant les passants de la circulation des bus de ville, il contempla les lieux, dépité.

Jeune, il avait connu cet endroit arboré, populeux, animé d'un jet d'eau avec un immense parterre de fleurs ou de plantes qui, selon la saison, accueillait le visiteur. Les cafés installaient leurs tables d'avril à octobre sur leurs terrasses, au bord de cette place immense où se déroulaient souvent des prises d'armes par les différents régiments de la ville. À présent, ce n'était plus qu'une immense esplanade pavée de pierre, traversée par de rares personnes. Point positif du lieu, une personne de mobilité réduite pouvait traverser cette espace sans grandes difficultés. Les bobos de la ville haute avaient trouvé, lors de l'inauguration, l'ensemble *« fooormidââââble ! Mâââgnifique ! spleeendide ! »* Tandis que l'autre frange de la population, moins sensible aux aspects de l'art contemporain architectural que de l'augmentation inévitable de leurs impôts locaux, commençait à être lasse des travaux, des dépenses et problèmes de circulation dans le centre-ville. Une sorte de sinistrose semblait s'être abattue sur le quartier piétonnier et commercial du centre. Un à un, les commerces s'enfuyaient, cependant, quelques poids lourds s'obstinaient à rester comme la plus grande librairie de la région près du palais de justice ou des marchands de meubles grand luxe ou de vêtements haute couture, présents dans le quartier depuis des lustres. Ils attendaient tous que cela aille mieux, mais quoi ? La ville était devenue impraticable en voiture, trouver une place de parking en ville en moins de vingt minutes était impossible. De plus, deux euros la demi-heure pour le stationnement payant sentait plus l'escroquerie que la contribution aux finances de la ville. Vaille que vaille, la municipalité espérait toujours voir revenir ses administrés et la clientèle en ville, mais celle-ci s'était enfuie et ne reviendrait jamais plus.

Se tenant aux barrières en aluminium, Jacques pensait à tout cela. La ville, il l'avait vue évoluer, lentement, inexorablement au gré des modes et courants. Jeune motard, il avait fréquenté assidûment les bars de nuit où à trois heures du matin, il lui était arrivé de déguster une choucroute tout en parlant littérature avec une prostituée ayant fini son tapin et comme voisin de table un demi-clochard tout heureux de constater que l'humanité du milieu de la nuit est plus intéressante que celle du grand jour.

Mais ce temps-là, lui aussi, était révolu. Aujourd'hui, le soir, les rues restaient désertes, abandonnées aux ombres furtives des filles africaines vendant leurs charmes à la sauvette derrière un cimetière ou au fond d'une bagnole de hasard, avant de retourner à leur vie de misère et non pas au paradis promis par quelques prosélytes masculins vantant les facilités de vie en Europe à leurs consœurs restées au pays.

Debout sur le trottoir, il ne pouvait que constater que la ville n'était plus ce qu'elle était. Un coup de vent glacial le fit frissonner et le ramena à la réalité.

« *Je vais attraper la mort, ici !* » bougonna-t-il.

Il lâcha sa barrière, passa devant le fast-food de la place et tourna à droite. En passant devant le *Pub*, endroit où il dînait de temps à autre avec Marie, il chercha du regard Kate, une Anglaise pétillante tombée amoureuse d'un français et de la

France en général. Ne la voyant point, il continua son chemin. Le jour ayant décliné rapidement, dans le petit square, le Spahi en bronze du monument de la guerre de 1870 prenait des allures fantomatiques. Jacques accéléra son pas, il lui fallait rentrer. La rue Albert Pontreau fut atteinte rapidement, puis le n 3, dans la porte duquel Jacques glissa sa clé.

Avec soulagement, il constata que la maison était vide, Marie ne rentrerait que dans un moment. Aurore devait être encore à l'université ou chez une amie, quelque part dans la ville. Il posa son manteau au valet du vestibule et s'en alla à la cuisine boire quelque chose sans alcool, rester lucide était la priorité du moment. Il s'apprêtait à boire son verre de Vichy quand il entendit distinctement un petit bruit de trappe qui s'ouvre et se referme. Les deux félins, affamés, usèrent de tout leur arsenal de séduction pour obtenir rapidement leur pitance du soir. Quand il en eut fini avec les chats, il alla se poser dans un des fauteuils crapauds en cuir du salon. Réfléchir et établir une ligne de stratégie lui semblait être la première action à faire.

« *Six mois !* »

La phrase du cancérologue lui revenait en mémoire comme le poing du boxeur dans la figure de son adversaire. Jacques savait que cette fois-ci, il ne s'en sortirait pas, il lui restait tout juste le temps de tirer sa révérence, si l'horrible chose qui le rongeait lui en laissait le loisir.

Marie rentra plus tard que d'habitude. Jacques, s'étant reposé un peu, avait pu mettre le couvert, ranger le contenu du lave-vaisselle. La conversation du soir resta axée sur leurs journées respectives. Jacques, lui, fut obligé de broder, car il avait pris un jour de congé sans en parler à Marie.

— Tu as des problèmes à ton travail, Jacques ?

— Non, tout va bien, pourquoi ?

Marie encaissa la réponse, mais resta suspicieuse.

— Tu es bien silencieux ce soir, je m'inquiétais, c'est tout.

— Rassure-toi, chérie, tout va bien.

Ils étaient en train de prendre une tisane quand Aurore rentra le plus discrètement possible. La jeune fille savait qu'elle

28

ne pouvait pas échapper à la réprobation vespérale en passant devant la grande porte vitrée du salon.

— Bonsoir, Maman, bonsoir, Papa, fit-elle enjouée.

— As-tu dîné au moins, ma fille ? S'enquit Marie avant que Jacques n'ouvre la bouche pour dire quelque chose.

— Oui, Maman

— Bien, tu peux disposer, à moins que ton père ait quelque chose à te dire…

Jacques, plongé dans un article sur la gestion des finances locales, leva la tête de son journal.

— Mmmh ? Moi ? Ah non, tu as passé une bonne journée, ma chérie ?

Le ton et le « ma chérie » surprirent tellement Aurore qu'elle mit un temps avant de répondre.

— Très bonne, Papa, vraiment.

— Alors, bonne nuit, à demain.

— Bonne nuit !

Et elle s'éclipsa rapidement, trop heureuse de s'en être sortie aussi facilement.

Marie regarda celui qui était son mari depuis bientôt trente ans. Sévère, mais juste, il ne tolérait jamais que ses enfants rentrent tard, sauf autorisation exceptionnelle, mais ce soir-là, quelque chose avait changé : il n'avait rien dit.

Pourquoi ?

Plus tard, quand elle enleva sa chemise de nuit pour se coller contre lui dans le lit conjugal, elle n'avait pas encore trouvé la réponse.

Chapitre 4

« Le train n° 7501 en provenance de Bordeaux entre en gare, veuillez vous éloigner de la bordure du quai, s'il vous plait.…»
Dans un long manteau de laine noir, cadeau de Marie quelques années auparavant, arborant un chapeau de feutre à bord noir, des chaussures brillantes, son écharpe de laine grise, Jacques avait un look qui ne passait pas inaperçu. Il semblait tout droit sorti d'un album de Black et Mortimer. Sa valise posée à ses côtés ainsi que sa sacoche, éternelle compagne de déplacement depuis vingt-cinq ans, dans ce petit matin d'hiver, il avait froid.

Ce séminaire n'avait pourtant rien d'obligatoire. À Paris, il allait retrouver ceux et celles qu'il revoyait tous les ans, dans ce grand secteur qu'était l'industrie chimique et pharmaceutique. Il savait d'avance qu'il allait passer deux journées à écouter les dernières innovations en matière d'emballages pressurisés, prendre un verre au buffet dressé pour l'occasion et finalement dormir à l'hôtel du Canal, où la patronne, planiureuse blonde pas du tout avare de ses charmes lui ferait des œillades complices.

En fait, il avait accepté voyant là une occasion en or de s'échapper un peu pour réfléchir sur sa situation. Il regarda son billet : le numéro de voiture indiqué était celui qui se trouvait devant lui. Remerciant le hasard, il monta dans le wagon, trouva sa place rapidement et après avoir rangé son sac et sa sacoche, il put s'asseoir avec soulagement. Une sourde et insidieuse fatigue ne le quittait plus, celle-ci s'était faite compagne quotidienne et avait fini par s'imposer. Jacques se doutait bien que ce n'était que le début et que la fin serait le plus terrible.

Les organisateurs de ce séminaire, dont c'était la vingtième édition, avaient décidé de faire les choses en grand. D'ordinaire, ils réservaient un lieu discret pour le week-end dans le secteur de la porte de Versailles. Mais pour fêter l'événement, ils avaient préféré louer, dans la vallée de Chevreuse, une propriété avec un château de style renaissance qui avait appartenu jadis aux ducs d'Orléans. Vendue par les biens nationaux à la Révolution, elle était passée de mains en mains pour finir comme résidence d'artistes aux revenus relativement aisés. Afin de préserver le secret du lieu de rendez-vous, Jacques avait reçu un message sur son téléphone peu de temps avant son arrivée à Paris. Surpris, il répéta l'adresse au premier taxi venu qui l'emmena à bon port.

Le taxi reparti, Jacques s'arrêta un instant avant de gravir l'imposant escalier de pierre, encadré par deux lions menaçants noircis par le temps, les intempéries et les fientes des pigeons. Il monta les marches, fit une pause à mi-parcours, scruta le ciel, le temps était au beau. Le fait de passer deux jours enfermé dans un château perdu au milieu de rien lui donnait déjà l'envie de faire demi-tour. Arrivé sur le perron, il tendit la main vers la poignée de la porte, mais celle-ci s'ouvrit au même moment. Dans l'encadrement, se trouvait maintenant une grande femme blonde, la soixantaine bien faite, chignon parfait, jupe droite raide d'une longueur imposant le respect, chemisier col fermé au ras du cou, l'air sévère. Derrière des lunettes demi-rondes, les yeux gris cendre dévisagèrent l'arrivant.

— M. Riché, je suppose ?

Pour la première fois de la journée, Jacques se mit à sourire.

— Vous supposez juste, Madame.

— Je suis Adélaïde Sequin, gouvernante des lieux. Entrez donc, cher Monsieur…

Elle s'effaça. Au passage, Jacques eut le temps de sentir le parfum suave porté par l'hôtesse.

« *Ce n'est pas du premier prix chez Auchan, ça !* »

Pour faire bonne contenance et surtout cacher le sourire hilare que lui avait provoqué sa pensée, il sembla s'intéresser intensément à une sculpture bizarre dans un coin du hall

32

d'entrée. En s'approchant, Jacques s'aperçut qu'il s'agissait d'un empilement hétéroclite de boîtes de conserve soudées ensemble par de minuscules points de soudure. Toutes les marques connues étaient représentées ; l'inévitable cannette de Coca-Cola trônait au milieu, voisine de plusieurs boîtes de bières allemandes. En scrutant de près, il trouva des boîtes de maquereaux bretons.

L'hôtesse, blasée de la surprise des visiteurs, débita son speech :

— C'est une création de Ino Hakashima, artiste très connu au Japon. Cette sculpture s'appelle *« Consommation humaine en une année »*

Jacques resta dubitatif quelques secondes avant de dire :

— C'est bien vu, très réaliste.

Le vrai fond de sa pensée était qu'il aurait plutôt vu ce truc moche posé près des réceptacles du tri sélectif communal afin que toute cette ferraille ordonnancée aille se faire recycler au lieu d'encombrer ce hall. Ne pouvant dire son point de vue sans passer pour un immonde goujat sans culture, il se contenta de ces quelques mots. Son commentaire laissa de marbre la maîtresse des lieux qui retourna derrière son bureau, prit une clé pendue dans un tableau et la donna à Jacques.

— Votre chambre est la 309, troisième étage sur votre gauche. L'escalier en face de vous y mènera. Voici votre programme pour ce soir.

Jacques consulta vaguement la plaquette dans ses mains et se sentit soudainement de trop en voyant son hôtesse s'affairer à d'autres occupations que lui-même. S'éclipser fut la seule solution qu'il trouva sur le moment.

La chambre fut aussi surprenante que la sculpture d'en bas, mais avec infiniment plus de raffinement. D'inspiration Premier Empire, les meubles, le lit, les boiseries étaient d'un ton chaud et reposant. Soudainement las, il se posa sur le lit, puis, irrésistiblement tenté, il s'allongea et s'endormit.

Des petits coups sourds et répétés le tirèrent du beau rêve qu'il faisait en compagnie de Marie.

« *Bordel, mais où suis-je ?* » grogna-t-il en revenant rapidement à la réalité.

Les coups cessèrent, mais une voix se fit entendre :

— Jacques, tu es là ? C'est Dominique, tout va bien ?

La bouche pâteuse, l'esprit encore embrumé du moment tendre qu'il avait vécu en rêve avec sa femme, il put néanmoins répondre qu'il allait bien et qu'il arrivait. La voix, rassurée, renchérit :

— OK, on t'attend en bas, fais vite, tout le monde est là.

Des pas sur le parquet résonnèrent puis disparurent dans l'escalier. Jacques se leva, fit quelques ablutions à l'eau froide au lavabo de la chambre et après avoir vérifié sa tenue, sortit pour rejoindre les autres participants au séminaire.

La voix n'avait pas menti, tout le monde était bien là. Ce fut d'ailleurs celle-ci qui l'accueillit dans le salon de réception sous la forme d'un grand dégingandé à moustache fine façon Clark Gable.

— Jacques, enfin, nous ne savions pas où tu étais jusqu'au moment où Adélaïde nous a indiqué que tu étais monté dans ta chambre. Je ne t'ai pas dérangé, j'espère ?

L'accueilli eut un sourire narquois.

— Mon cher Dominique, j'étais tellement fatigué que je me suis endormi sans m'en apercevoir. Heureusement que tu es venu, sinon, c'était parti pour la nuit.

— Excuse-moi, alors. Tu nous as ratés tout à l'heure, nous devions être dans le parc du château au moment de ton arrivée. C'est très joli, tu devrais y aller demain.

— D'accord, je ne te promets rien, mais j'essaierai.

Se sentant observés, les deux compères rejoignirent la trentaine de personnes au milieu de la salle. À mesure qu'il s'approchait, Jacques reconnaissait chaque personne, avec parfois quelques surprises, celui-ci amaigri ou ayant forci, celle-là autrefois blonde, maintenant brune. Une fois qu'il eut salué tout le monde, il aperçut deux femmes en pleine conversation, elles dialoguaient en anglais, l'accent de l'une d'entre elles le laissa perplexe. Autant intimidé qu'intrigué, il décida de tenter une approche feutrée, car il ne les connaissait pas. Néanmoins,

34

leur présence ici témoignait sans faille de leurs importances dans le monde de l'industrie chimique. Dominique Duguain, ayant repéré la manœuvre de Jacques, vint à sa rescousse.

— Ah oui, Jacques, nous avons deux nouvelles arrivées parmi nous. Une Indienne et une Canadienne. Je ne sais pas si elles savent qui tu es, on va voir.

Les deux femmes cessèrent leur bavardage quand les deux hommes furent auprès d'elles. La plus grande des deux, teint basané et longue natte dans le dos, vêtue d'un sari blanc descendant jusqu'aux pieds, se mit à sourire quand Duguain présenta Jacques Riché. L'autre jeune femme, plus ronde et blonde, braquait ses yeux bleu pâle vers ce dernier. Son regard était interrogatif, comme si elle cherchait à retrouver une information ou un souvenir enfoui dans le plus profond de sa mémoire. Jacques cherchait lui aussi où il aurait pu avoir rencontré cette jeune femme. Université, conférences, colloques, rencontres littéraires, tout y passa, sans résultat, elle n'était pas d'un physique inoubliable, jolie fille, sans plus, il abandonna les recherches. Demander serait peut-être un moyen simple d'en savoir plus et surtout de l'aborder. Dugain, ayant fini son petit discours élogieux, s'éclipsa en disant :

— Je vous laisse, on m'appelle dans la salle.

Fusillé du regard par Jacques, il s'éloigna, tout heureux du bon tour qu'il venait de jouer. Après quelques secondes de silence, ce fut la femme en sari qui posa une question :

— M. Riché, où sont situés vos lieux de production ?

— Nous avons une ligne de conditionnement dans l'Ouest et une autre à Bergerac, c'est au sud de Bordeaux, vous connaissez ?

— Oui, avec mes parents, quand j'étais petite, nous sommes venus en France dans la ville de Biscarosse où nous avions de la famille.

La conversation continua un bon moment, Jacques apprit qu'elle s'appelait Asham Dewa-Ramjee, qu'elle était native de la banlieue riche de New Delhi et qu'une majeure partie de ses études s'étaient passées à Londres. Actuellement directrice commerciale d'un grand groupe pharmaceutique indien, cette responsabilité expliquait son français très correct et sa connaissance approfondie de l'Europe. La jeune blonde prit le relais dans la conversation en précisant qu'elle venait du Québec et que, tout juste recrutée en tant que responsable export avec l'Europe, elle était ici depuis six mois et s'y plaisait bien. Le courant passa si bien entre eux qu'il en oublia ses douleurs, ses soucis et le reste. Les séminaires étaient faits aussi pour rencontrer d'autres gens, d'autres cultures, d'autres façons de voir le travail ou tout simplement la vie. La femme en sari les quitta un moment pour se rendre au buffet dressé au fond du salon. Jacques laissa son regard suivre le corps qui se mouvait dans le magnifique vêtement.

— Elle est belle, vous ne trouvez pas ?

Jacques se retourna. C'était Alice, la Canadienne.

— Oui, vous avez raison, elle est sublime, mais quand on est jeune, on est beau.

La Canadienne eut un regard étonné.

— Jeune, elle ? Quel âge croyez-vous qu'elle puisse avoir ?

— Je ne dirais pas plus de trente ans ou trente-cinq, à la rigueur.

La blonde se mit à rire ce qui le vexa un peu.

— Vous êtes dans l'erreur la plus totale : elle va fêter ses cinquante ans dans dix jours, je suis invitée pour son anniversaire à Amrhal, sa résidence en Inde.

« *Incroyable !* » pensa-t-il.

Son regard fit le tour de la salle. Il se sentait regardé, espionné de l'œil par certains. Pourtant, l'ambiguïté, en ce qui le concernait, n'était pas vraiment de mise. La totalité des personnes présentes savait parfaitement qu'il était marié et père de deux enfants et que, s'il était présent à ce séminaire, ce n'était pas pour la bagatelle, mais pour le travail. Jacques avait appris, bien des années auparavant, que plusieurs « séminaires » s'étaient transformés en orgies sexuelles et beuveries en tous genres. Quand le scandale éclata, la direction générale en profita pour faire le ménage dans les rangs des managers, Jacques prit du galon et se retrouva propulsé directeur commercial France. Néanmoins, il n'était pas un saint. Pour lui, le jeu de la séduction entre les hommes et les

36

femmes était inévitable, mais certains ou certaines ne savaient pas mettre de limites au jeu. Jacques, lui, avait compris rapidement que la sagesse en la matière lui procurerait une certaine sérénité et une longévité garantie dans son mariage. La preuve en était flagrante : presque trente années de mariage, pas un accroc. Cependant, une superbe jeune femme brune portant une robe de soirée semblant n'avoir été faite que pour elle faillit le faire basculer dans une aventure adultérine improbable. Après une soirée passée avec cette beauté, Jacques se retrouva seul avec elle dans l'ascenseur qui montait vers leurs chambres respectives. Dès que les portes se furent refermées, la tension dans l'espace exigu monta d'un cran supplémentaire à mesure que s'égrenaient les étages de l'hôtel parisien cinq étoiles où se produisait la rencontre interentreprises.

La beauté allemande aux yeux verts avait littéralement bu les paroles de Jacques pendant le repas et les entretiens informels qui se produisaient immanquablement dans ces réunions. Maintenant, dans le lieu exigu, elle le couvait du regard. La seule et unique raison qui l'empêchait de se jeter sur cet homme qui lui plaisait follement, était uniquement la présence de quelques grammes d'or à la main gauche de Jacques. Celui-ci était aussi sous le charme de cette femme, mais également tétanisé par un sentiment certain que s'il faisait un geste vers elle, il enclencherait un processus infernal aux conséquences irréparables. La porte de l'ascenseur s'ouvrit sur leur étage. Jacques poussa un long soupir de soulagement. Il suivit un moment la brune dans le couloir. Leurs chambres étaient face à face. Un « *bonsoir* » mutuel les sépara. C'était terminé.

Le lendemain, au moment où tous les participants se quittaient pour rejoindre leurs pays, usines, laboratoires, lieux de travail d'origine, il croisa la jeune femme. Sa tenue décontractée, ses cheveux défaits rendaient l'Allemande encore plus belle que l'avant veille. Arrivée à la hauteur de Jacques, elle posa ses deux petites valises et tendit la main vers lui. Celui-ci serra doucement la main, qui se dégagea tout en douceur, les yeux verts fixant Jacques brillaient trop pour le rassurer. Elle reprit ses valises et commença un pas.

— Merci pour hier soir, Jacques, vous êtes un homme exceptionnel, votre femme à bien de la chance !

Il voulut répondre, mais n'en eut pas le temps, celle-ci s'éloignait déjà vers le hall de sortie vers l'extérieur. La rejoindre, la poursuivre lui sembla soudainement incongru, voire déplacé.

La beauté en sari était revenue avec un plateau sur lequel se trouvaient trois assiettes garnies de victuailles, une table proche servit de refuge au trio. Une fois installés, les convives improvisés reprirent leurs conversations. La Canadienne, avec son accent craquant, exprima son souhait de se rendre sur les lieux où ses ancêtres avaient vécu avant d'être déportés vers au-delà de l'Atlantique, tandis que la belle Indienne parla de son pays, ses espoirs de le voir sortir de son image d'état où la pauvreté était endémique. Jacques se livra un peu en parlant de ses inquiétudes quant à la crise économique et financière actuelle et de ses conséquences sociales et environnementales. Soudainement, la Canadienne quitta brusquement la table et alla rejoindre un homme grand en costume sombre, cheveux grisonnants coiffés impeccablement, le sourire triomphant du capitaine d'industrie en pleine ascension. Jacques quitta rapidement des yeux le parcours de la blonde, pour ne s'intéresser qu'à l'unique personne, devant lui, désormais. Une question le tenaillait, mais celle-ci étant tellement intime et banale à la fois, qu'il ne savait comment là formuler. Il se souvint tout d'un coup d'une phrase entendue sur une grande radio luxembourgeoise : *« Les femmes pardonnent parfois aux hommes qui osent, jamais à ceux qui n'osent pas. »* Fort de cette pensée, il osa :

— Avez-vous des enfants, Madame Dewa-Ramjee ?

Ailleurs dans la pensée et ses souvenirs, elle revint aussitôt à la réalité, un sourire quelque peu énigmatique apparut sur son visage.

— Oui, j'ai eu deux filles. L'une est à New York, qui travaille au sein du FMI. L'autre œuvrait pour une organisation humanitaire en Somalie. Il y a eu une attaque par des séparatistes islamistes locaux. Au passage d'un ministre, ils ont tiré comme des fous, ma fille était là au mauvais moment et au mauvais endroit… C'était il y a un an…

38

— Veuillez excuser ma maladresse, je…

La femme au sari blanc coupa sèchement la phrase de Jacques.

— Non, M. Riché, non, vous ne pouviez pas savoir, et puis, pendant que nous y sommes, je vais vous épargner une autre question. Apprenez que je vis seule, car je suis veuve d'un mari mort d'un cancer contracté dans les usines chimiques américaines implantées chez nous, en Inde. Il était déjà malade quand nous avons appris la mort de notre fille, cette nouvelle l'a anéanti, il ne s'en est jamais remis.

Les propos de la femme giflèrent littéralement Jacques, il se sentit blêmir, une sueur froide coula dans son dos.

— Comment faites-vous pour tenir ? Plus d'une aurait sombré.

— Quand tout vous abandonne autour de vous, vous raccrochez à ce que vous pouvez, mon tronc d'arbre à moi, dans cet océan de malheurs, c'est mon travail. Les plaisirs de la vie, les moments à deux, l'amour, pour moi, c'est du passé. Me comprenez-vous ?

Elle s'interrompit un instant.

— Mais… que vous arrive-t-il ? Vous êtes tout pâle… Vous ne vous sentez pas bien ?

Jacques, déstabilisé par la conversation, reprit ses esprits dans un effort surhumain.

— Non, non, rassurez-vous, tout va bien, ça doit être la fatigue du voyage. Tenez, je parle, je parle et je vais déjà mieux.

— Tant mieux. Si nous allions rejoindre les autres ?

— Bonne idée, je vous suis.

Chapitre 5

Les deux jours suivants passèrent en réunions, démonstrations de nouveaux produits, conférences et entretiens plus ou moins privés selon le sujet abordé. Jacques apprit ainsi l'existence d'un nouveau matériau écologique pour l'emballage des aérosols de parfumerie et de produits pharmaceutiques. Il renoua des contacts perdus avec des fournisseurs, des décideurs financiers qu'il n'avait eus guère le temps d'appeler dans l'année précédente. Cependant, malgré l'activité intense du séminaire, il ne cessait de penser à cette femme, Asham Dewa-Ramjee ou plutôt, à ses paroles concernant la mort de son mari et les conséquences que ce tragique événement avait eues sur elle.

Évanouie pendant quelques heures, la réalité pour Jacques était revenue sur le devant de la scène. Lui disparu, Marie allait entrer dans la même situation, l'identique détresse, l'implacable solitude. Pour le moment, elle n'était au courant de rien, donc, tous les champs du possible pouvaient être explorés, mais dans ces instants, pour lui, aucune solution ne se profilait à l'horizon.

Dans le train qui le ramenait chez lui, Jacques échafauda quelques hypothétiques plans qui s'écroulèrent aussitôt conçus. Quelques souvenirs en profitèrent pour remonter à la surface. Alors qu'il n'avait que douze ans, le suicide de son oncle Jacky le traumatisa longtemps. Des nombreux frères de son père, il était celui que Jacques préférait. De temps à autre, c'est-à-dire trois ou quatre fois l'année, le paternel de Jacques l'emmenait dans l'antique Simca Chambord familiale, gloire déchue de l'automobile française, le voyage ne durait pas bien longtemps, mais c'était pour lui des rares occasions d'être seul avec son père. Le fameux oncle vivait dans une ancienne ferme délabrée. Dans la cour, les chats, les poules et canards vivaient dans une liberté absolue parmi des véhicules anciens qui pourrissaient doucement. La maison, elle aussi, était phagocytée par les journaux, meubles cassés, appareils ménagers hors d'usage depuis des lustres et toutes les trouvailles qu'il faisait dans ses promenades quotidiennes à bord de sa 2 CV camionnette déglinguée. Revenu du Tonkin avec une femme cambodgienne, il avait toujours vécu ainsi, alternant les rares périodes fastes et les années de vaches maigres. Un jour, de retour d'une tournée de bistrots, il trouva sa femme morte dans son éternel fauteuil en rotin près de la fenêtre. La présence de nombreux flacons vidés de leurs médicaments lui indiqua sans doute possible que Soane avait décidé de mettre fin au naufrage qu'était sa vie. Désormais veuf et sans enfants, la solitude devint la maîtresse des lieux. Un soir de novembre, après une soirée arrosée plus que de raison, il retrouva son arme d'officier dans l'armée et se logea une balle dans la tête. Jacques, malgré le refus catégorique de son père, insista fort pour voir une dernière fois cet oncle qu'il adorait tant. Le visage du pauvre homme avait été tellement abîmé par le coup que les employés des pompes funèbres avaient refermé le cercueil aussitôt la mise en bière effectuée. Sur ces souvenirs d'enfance, Jacques s'endormit, bercé par le ronronnement lointain des boggies passant sur les rails.

Quand il ouvrit un œil, ce fut pour voir une paire de jambes fuselées, des bas richement ouvragés, une jupe de cuir noir. Maintenant, les deux yeux ouverts, il pouvait découvrir à qui appartenait ce spectacle inattendu et prometteur et ne fut pas déçu.

Il leva la tête doucement. Un blouson de peau, « *de la vachette, sans doute* », pensa-t-il. Sous le vêtement, un simple tee-shirt au décolleté coquin laissait deviner les seins. Jacques termina son inspection en découvrant un profil parfait, mélange de grec et d'égyptien, des cheveux courts au brushing impeccable qui ajoutaient une note de classe indéniable à la jeune femme. Se sentant détaillée, l'inconnue ne bougea pas et se contenta de sourire légèrement. Le détail n'échappa pas à Jacques, il se rajusta dans son fauteuil et attendit.

— Je ne vous ai pas dérangé, j'espère ? fit-elle, très doucement.

Prudent, Jacques mit quelques secondes avant de répondre.

— Non, non, rassurez-vous, de toute façon, il aurait fallu que je me réveille si je ne veux pas me retrouver à Hendaye. Où descendez-vous ?

— Bordeaux. Vous connaissez ?

— Pas vraiment, et vous ?

— Je m'y rends pour la première fois. J'ai juste entendu dire que le centre-ville n'était des plus beaux.

Jacques se détendit autant qu'il put, calcula qu'il lui restait environ trois quarts d'heure avant son arrivée en gare de destination. Courtiser cette inconnue n'était pas dans ses intentions, même lointaines. De ce fait, il décida d'occuper ce temps dans une conversation un peu galante sans autre espoir que de passer un bon moment entre gens de qualité. De plus, c'était une jolie femme, l'instant en était encore plus agréable.

— Tout est relatif, Mademoiselle, pour ceux qui aiment les vieilles demeures pleines d'histoires avec des fantômes dans le grenier, cette ville convient.

La jeune femme se mit à rire.

— Oui, vous avez sûrement raison.

Après un instant de silence, l'inconnue reprit :

— Nous parlons, mais je ne me suis pas présentée, veuillez m'en excuser. Je m'appelle Fatira Aïd-Malouf.

Elle tendit sa main. Jacques serra doucement une main fine, blanche, semblant fragile comme de la porcelaine de Limoges. La froideur de la main féminine le glaça. « *Maladie de Raynaud* » songea-t-il, un moment.

— Jacques Riché. Enchanté.

La jeune femme commença à évoquer sa vie parisienne, somme toute, assez banale quand le contrôleur du train se présenta. Sur le billet que lui tendit Fatira, Jacques eut tout juste le temps de voir qu'il s'agissait d'un aller simple Paris-Bordeaux. Puis, ce fut son tour. Vérification faite, Jacques remit son titre de transport dans sa sacoche et en profita pour mettre en veille son téléphone portable, il ne voulait pas être importuné par qui que ce soit. Sa voisine reprit son discours de vie. Comme il l'avait étrangement pressenti, ce fut une suite de catastrophes en chaîne. De l'enfance avec un père absent de plus en plus souvent et qui oublie de rentrer un soir, en passant par l'adolescence erratique accompagnée d'un beau-père autoritaire, sauf quand il avait les mains quelque peu baladeuses et, pour finir, un mariage à la va-vite, raison unique de fuir un climat devenu pesant au foyer maternel. Cinq années plus tard, la même fuite, pour les mêmes raisons, direction Bordeaux. Quand les larmes se mirent à couler sur les joues de la jeune femme, Jacques sortit un Kleenex, puis un deuxième. Ne voulant pas trop paraître « parfait » aux beaux yeux de sa voisine de siège, Jacques ne s'attarda pas sur sa situation familiale, mais orienta son propos vers ses loisirs, ses hobbys, un peu de culture littéraire. Comme la jeune femme avait du répondant et un jugement qui sonnait juste, le temps passa vite, trop vite. Quand Jacques entendit le nom de sa gare destination par le haut-parleur du compartiment, il eut une moue agacée.

— Vous êtes arrivé, n'est-ce pas ?

— Oui, c'est ainsi. Même les meilleures choses du monde ont une fin.

« *C'est dommage* », fit-elle, dans un souffle.

Jacques entendit distinctement la voix, mais ne répliqua pas, c'était peine perdue. Il récupéra sa valise et revint vers Fatira. Celle-ci semblait ailleurs, comme si elle était déjà passée à autre chose. Jacques tendit sa main en disant *« Au revoir, Mademoiselle »* celle-ci la prit et la retira aussitôt. La froideur était toujours là, mais cette fois-ci, dans la main libérée de Jacques, il y avait une petite carte en bristol. Il regarda un instant sa main et là plongea dans poche droite. Silencieux et gêné, son regard croisa celui de la jeune femme ; ses yeux brillaient de mille feux, du même feu que la balise du naufragé solitaire au milieu de la mer glacée avant que celle-ci ne l'engloutisse à tout jamais. Jacques comprit tout d'un coup que, une fois le pied posé sur le quai, la jeune femme s'effondrerait en larmes, puis attendrait un autre Jacques, ou Paul, ou bien Karim, qui viendraient s'asseoir près d'elle. Elle raconterait sa vie et eux, la

44

leur, mais, cette fois-ci, ils pourraient s'incendier le cœur, descendre ensemble à Bordeaux, dîner dans un bon restaurant en ville et faire l'amour dans un grand lit d'hôtel trois étoiles. Cette pensée fugace et désobligeante, contrevenant à l'extrême amabilité de la jeune femme dans le train, disparut instantanément lorsqu'il sentit la carte dans sa poche. Une fois sorti, il lut trois lettres qui semblaient correspondre aux initiales de la belle et un numéro de portable. En passant devant les nombreuses poubelles présentes le long du couloir menant à la sortie de la gare, Jacques eut la tentation de jeter cette minuscule preuve d'une rencontre dans le train, puis se ravisa. Au fond de lui-même, il n'avait rien à se reprocher, Marie pouvait trouver cette carte, il saurait quoi dire, c'est-à-dire la vérité.

Il allait reprendre son chemin quand un grand jeune homme en tenue de sport le bouscula légèrement. Celui-ci courait prendre son train pour Bordeaux. Le coureur, sans s'arrêter cria : *« Excusez-moi, Monsieur ! »* Le reste du propos se dilua dans le brouhaha des voyageurs pressés de rentrer chez eux. Jacques haussa les épaules et fit un pas. Un petit rectangle de carton était à ses pieds. Il se baissa pour le ramasser, sa main s'arrêta à vingt centimètres de l'objet. La carte remise par la mystérieuse jeune femme dans le train était maintenant retournée, sa face vierge posée sur le sol. Au centre du numéro de portable, il remarqua distinctement trois 6 côte à côte. *« Le chiffre de Lucifer »* pensa aussitôt Jacques. Prestement, il attrapa la carte et la remit dans sa poche.

∗∗∗

Le soir, avant le dîner, Marie, dans sa cuisine, donnait un dernier tour de cuiller à son velouté d'asperges, tandis que Jacques peaufinait le rapport qu'il fallait pondre pour justifier la dépense engagée dans ce séminaire parisien. La télévision, allumée pour personne, se fit soudainement silencieuse et, en lieu et place d'un spot publicitaire, ce fut un speaker du journal télévisé de vingt heures qui apparut. Jacques leva la tête de son ordinateur portable, l'air vaguement inquiet.

« *Nous interrompons nos émissions pour un flash spécial : Un TGV en provenance de Paris-Hendaye a déraillé vers 19 h 15 en entrant dans la gare de Bordeaux. Le bilan actuel est de dix morts et cent vingt-trois blessés dont cinq grièvement. Ceux-ci ont été pris en charge par des hélicoptères et emmenés vers différents hôpitaux de la région bordelaise* »

Jacques fit un bond dans son fauteuil et rattrapa de justesse son ordinateur.

— Merde ! C'est pas vrai, pas ça !

Marie, alertée par la réaction de son mari, accourut.

— Qu'est-ce qui se passe ? Ton ordinateur a planté ?

— Mais non ! Cria Jacques, en désignant le poste de télévision. Le train, là, qui a déraillé à Bordeaux, c'était celui où j'étais ! Tu te rends compte ?

Non, décidément, Marie ne se rendait pas compte, elle ne pouvait pas comprendre la réaction de son mari devant cette catastrophe ferroviaire. Les poings sur les hanches, elle s'exclama :

— Eh bien, tu as eu de la chance, voilà tout. Soit sûr que j'en suis ravie !

Sur ces bonnes paroles, elle retourna en cuisine.

Plus tard dans la soirée, étant seul dans son bureau et essayant en vain de finir ce rapport qu'il devait remettre le lendemain, Jacques essaya d'appeler Fatira sur son portable. Au bout de trois échecs, il se résigna à abandonner.

Chapitre 6

Le lendemain, de bonne heure à son bureau, Jacques bâcla le rapport à présenter dans l'après-midi. Le déjeuner à la cantine de l'usine pris, il profita d'un temps clément pour arpenter la cour des livraisons et surtout pour être sûr que l'on n'entendrait pas ses propos au portable.

— Étienne ? C'est Jacques, je ne te dérange pas ? Non, t'es sûr ? Bien. Qu'est-ce qui se passe ? Trois fois rien, mais j'aurai besoin de tes services.

Jacques prétexta avoir un souci avec une cliente.

— Je te donne le numéro ? C'est le 06. . . . . C'est un numéro de ton opérateur ? Bon, tant mieux, tu me donnes des nouvelles quand ? Dans une heure ? Je serai en réunion. Laisse-moi un message. OK. Merci.

Jacques raccrocha. Quelques heures auparavant, en partant vers son bureau, l'idée lui était venue d'appeler son ami Étienne chef du service contentieux chez Orange, celui-ci n'avait pas son pareil pour dénicher et retrouver les clients indélicats et non-payeurs en tous genres.

En début d'après-midi, à la grande surprise de son auditoire, Jacques débita son exposé en vingt minutes chrono. Il termina son propos en ces termes :

— Voilà, de toute façon, tout est dans le rapport devant vous, vous n'aurez qu'à le lire.

Le silence qui persista un instant accentua le malaise qui s'était installé, et ce, dès que Jacques eut commencé son discours. Se concentrer sur quoi que ce soit lui était impossible, constamment, il avait l'ovale parfait du visage de Fatira en tête. Il espérait pour elle, il tremblait pour elle. Le président, n'ayant pas les yeux dans les poches, vint voir Jacques dans son bureau, un bon moment après que la réunion fut terminée. Dès que le PDG entra, Jacques enferma son smartphone dans un tiroir.

— Jacques, ça fait combien de temps que l'on travaille ensemble ?

— Vingt-cinq ans, Guy.

— Je n'irai pas par quatre chemins : ton exposé de tout à l'heure, je n'y ai rien compris. Je crois que je ne t'ai jamais vu comme cela. Tu as des soucis ces temps-ci ?

— Écoute, Guy, je ne peux que te répondre : oui, j'ai des soucis, mais ils sont d'ordre personnel.

— C'est financier ? Cela peut s'arranger : tu es actionnaire de la boîte, si tu as besoin d'argent…

— Non, si cela avait été le cas, crois bien que j'en aurais parlé à Monique et à toi. C'est, disons, plus intime que ça.

— Dans ce cas, je ne peux rien pour toi, sauf si l'avocat de la société peut t'être utile, dis-le-moi, je te mettrai en relation.

— Merci, Guy. Ce qu'il me faudrait, c'est un miracle.

Le président se leva, sembla réfléchir un moment. Il voulut dire quelque chose, mais devant l'étrangeté de la conversation, il ne savait quoi faire. Déstabilisé, il préféra battre en retraite vers son bureau pour y réfléchir en paix.

Le PDG parti, Jacques appela Étienne. Celui-ci l'informa que le numéro du portable qui lui avait été fourni ne correspondait à aucune ligne existant actuellement. Abasourdi par le choc de cette nouvelle, Jacques remercia son ami et raccrocha.

Maintenant, il se mettait à douter de lui-même. Fatira Aïd-Malouf, la jolie jeune femme du TGV, avait-elle été une réalité ou un rêve ?

Cette pensée ne le quitta pas du reste de la journée. C'est au moment de monter dans son 4x4 qu'un détail lui revint en mémoire. Dans le train, la jeune femme avait les mains froides, presque glacées, mais aussi, elle ne portait aucun bijou et n'avait pas de sac à main.

« *Un fantôme, j'ai parlé à un fantôme !* » se dit-il en bouclant sa ceinture de sécurité.

Il sortit de l'usine, à la fois perplexe et triste.

***

Les jours qui suivirent furent aussi maussades pour l'humeur de Jacques que pour la météo. Ses douleurs étaient diffuses, nomades, insidieuses. Il augmentait les doses d'antalgiques quand le supportable était dépassé, tout en sachant que ce ne serait qu'un répit de courte durée. Un matin, il remarqua avec satisfaction que de moins en moins de personnes venaient le voir dans son bureau, le processus infernal qu'il avait conçu pendant une nuit d'insomnie avait été enclenché, les premiers résultats se révélaient probants, mais le plus dur restait à faire...

Chapitre 7

Marie sortit de la douche et se drapa aussitôt dans une sortie de bain toute chaude, réchauffée par le porte-serviettes tout proche. Elle se sécha les cheveux et se mit à rire toute seule quand elle vit sa tignasse dans le miroir. Un nombre appréciable de coups de brosse remit de l'ordre dans sa chevelure blond cendré. Passée dans sa chambre, elle jeta sur le lit son vêtement de bain et s'admira, nue, devant sa psyché, fit plusieurs fois le tour sur elle-même, caressa ses hanches, ses fesses, ses seins, sa toison pubienne châtain clair.

— Finalement, pour cinquante-quatre ans, je ne suis pas si mal encore !

Elle repensa à la petite phrase d'un élève au lycée où elle était intervenue en remplacement d'une collègue souffrante. Le jeune, quatorze ou quinze ans, avait demandé à un camarade proche, au passage de Marie dans le couloir principal, qui était donc ce « canon » qui venait de passer. Marie eut juste le temps d'entendre son nom et un compliment sur son postérieur joliment moulé dans un jeans noir aux coutures jaunes. Elle ouvrit son armoire et commença à chercher là où Jacques n'avait pas droit de regard. Ses « secrets de femme » comme elle se plaisait à penser, se trouvaient en deuxième place, derrière ses soutiens-gorge et ses slips en coton de tous les jours. Dans des pochettes blanches, anodines, Marie y cachait ses dessous coquins, des bas sexy. Un tout petit string noir fut l'élu du jour ainsi qu'une paire de bas gris foncé. S'étant parée de ses dentelles, elle décida de se passer de soutien-gorge. Elle se mit en quête d'un chemisier et d'une minijupe noire, sa préférée. L'heure sur son portable lui indiquant qu'elle avait du temps devant elle avant que son homme rentre, une virée en ville lui parut être une bonne idée.

Jacques rentra un peu plus tard que d'habitude, mais cette fois-ci, il n'avait pas prévenu sa femme. Celle-ci commençait tout juste à s'inquiéter du retard de son mari quand elle entendit se refermer la porte d'entrée. Marie se précipita au hall d'entrée, le cœur battant. La mine maussade de son homme lui fit l'effet d'une douche froide.

— Quelque chose ne va pas, Jacques ? Des problèmes au travail ?

Celui-ci releva péniblement la tête. La journée avait été rude, ses douleurs, omniprésentes, n'avaient pas été calmées par une médication, car il avait oublié d'en remettre dans sa sacoche de travail. La seule vue de son épouse en tenue de soirée, maquillée et coiffée à la perfection, fit disparaître sa fatigue et une partie de ses douleurs.

— Marie, que tu es belle, comme ça !

— Merci, mon chéri. Donne-moi ton manteau, prends tes chaussons et viens dîner, c'est prêt.

Soirée douce et conversation amoureuse sur l'oreiller firent oublier à Jacques ses projets qu'il voulait mettre en œuvre le plus tôt possible.

***

Matthieu, le fils aîné du couple, fit une apparition soudaine un samedi matin, son emploi d'infirmier en psychiatrie gériatrique ne lui laissant guère le temps de rendre visite à ses parents. De plus, une jolie jeune femme prénommée Fhella était arrivée dans sa vie depuis deux ans, deux années de bonheur sans nuages qui allaient être encore embellies par la prochaine naissance d'un bébé. En fin de journée, Mathieu eut une conversation avec sa mère.

— Maman, je peux te parler seul à seule, un moment ?

— Mais bien sûr, mon grand. Si tu veux, on va dans mon bureau.

— Non, dans le petit salon, ça ira. Où est Papa ?

— En haut : il écoute sur Internet les émissions de France Culture qu'il a ratées dans la semaine.

— Ah, c'est bien. Alors, allons-y.

Ils s'installèrent dans le petit salon. Cette pièce était dévolue aux réceptions d'amis, aux connaissances de travail pour Jacques et de cabinet de confidences pour les amies de Marie. Cet endroit avait entendu les pleurs de celles qui s'étaient fait larguer par un horrible macho (selon elles) et les secrets d'alcôve de certaines, hésitantes à quitter leurs maris pour un, plus ou moins jeune amant, très empressé. Toutes trouvaient Marie bonne conseillère, la longévité de son mariage en était, pour elles, la preuve parfaite. Mais cette fois-ci, c'était un fils qui voulait se confier à sa mère. Après qu'ils se furent installés confortablement dans des fauteuils crapauds, ce fut elle qui commença.

— Vas-y, je t'écoute.

— Cela concerne Papa. Tu n'as rien remarqué, ces derniers temps ?

Marie eut beau réfléchir, elle ne voyait pas ce qui aurait pu changer chez son mari, mis à part sa façon dont il lui avait fait l'amour quelques jours auparavant. Marie s'était habituée, avec les années, aux ébats intimes un peu virils qu'elle avait avec lui. À une certaine période de leur sexualité, le sado-masochisme l'avait intéressé, mais craignant un refus de son mari, elle en était restée là. Ce fameux soir, contre toute attente, Jacques avait été d'une telle prévenance et d'une douceur si inhabituelle que Marie, parvenue au paroxysme de l'excitation, avait réclamé à corps et à cris le sexe de son amant, mari et père de leurs deux enfants. Dans la chambre conjugale, ce ne fut plus que cris, halètements et râles de jouissances. Plus tard dans la nuit, elle se cala contre son homme, son amour de toujours, celui qui l'avait rendue heureuse jusqu'à aujourd'hui, celui avec qui elle n'aurait pas peur de vieillir, seulement la crainte de partir la première et de le laisser seul au bord du chemin, vieux et vulnérable.

Marie préféra s'abstenir de dire tout cela devant son fils, c'était mieux ainsi.

— Non, il est un peu fatigué le soir quand il rentre du travail ces temps-ci, mais non, autrement, je n'ai rien remarqué. Et toi ?

— Ce n'est peut-être qu'une idée de ma part, mais Aurore m'a dit que papa ronchonnait de plus en plus à propos de tout. Que ce soit la météo, la politique, des sujets concernant la cité, la culture. Il n'était pas comme ça avant. Il s'est passé quelque chose ? Vous vous êtes disputés récemment ?

— Non, tout va bien en ce moment.

Matthieu, rassuré, se mit à sourire.

— Et toi, avec Fhella , comment ça va ?

— Je crois que j'ai trouvé une perle, Maman, gentille, ordonnée et belle comme le jour.

— Ça, pour être belle, elle l'est. N'oublie pas qu'elle est née en Égypte et qu'elle à du sang royal dans ses veines.

— Mais je n'oublie pas, ma petite maman, je n'oublie pas.

— Ce bébé, ça pousse ?

— Jusqu'à présent, pas de problèmes. Pourvu que cela dure.

Marie lui répondit en répétant la fin de la phrase de son fils, mais sa pensée était un peu ailleurs. À des années-lumière auparavant, à l'époque où les hommes se retournaient à son passage, fine et légère, souvent court vêtue, mais sage, elle ne voulait pas se laisser attraper par le premier venu. Puis, il y eut Jacques et le bonheur de lui annoncer qu'elle attendait leur premier enfant. Aujourd'hui, c'était cet enfant qui allait connaître cette joie immense d'être parent. Résignée, mais sereine, la disparition de son père lui avait fait vivre des moments pénibles, l'arrivée d'un nouvel homme dans la vie de sa mère n'arrangea rien, surtout que celui-ci, à mesure que Marie entrait dans l'adolescence, commençait à la trouver à son goût. Ses études et l'université lui permirent de fuir autant que possible le domicile parental. Des lits improvisés chez les copines aux fréquents séjours chez sa grand-mère à la campagne, Marie s'était forgé une solide philosophie de vie qui consistait à prendre ce qui venait sans vergogne et de s'en contenter. Pour elle, le pire était ailleurs, du moins, essayait-elle en permanence de s'en persuader.

Chapitre 8

Aurore descendit doucement les marches de l'escalier qui menait aux chambres, puis au grenier où personne n'allait jamais. Dans le grand salon, le calme était revenu. Quand le tumulte de la dispute entre ses parents lui était parvenu distinctement, elle avait préféré attendre la fin des combats avant de se présenter sur le champ de ruines qu'était devenue, depuis quelque temps, la relation entre son père et sa mère. Le conflit, comme pratiquement à chaque fois, avait débuté sur une broutille, une phrase de travers mal reçue ou encore un geste anodin. Elle ne les comprenait plus ; comment en étaient-ils arrivés à ce stade, qui était fautif dans l'histoire ? Les chats, malins, ne rentraient plus qu'un jour sur deux, pour le plus grand plaisir de la vieille dame d'en face. Elle posa le pied sur le parquet, ses chaussons de feutre lui permettaient d'être parfaitement silencieuse dans ses déplacements. La manœuvre fonctionna si bien qu'elle parvint auprès de sa mère sans que celle-ci s'aperçoive de sa présence.

— Maman ?

Marie sursauta brusquement, fit un geste désordonné qui envoya valser en l'air un verre en pyrex, celui-ci retomba lourdement sur le sol, rebondit quatre fois, le cinquième fut fatal, il explosa en mille morceaux à travers la cuisine.

— Aurore ! C'est malin, tu as vu ce que tu m'as fait faire ? Tu ne crois pas que j'ai déjà assez de travail ici ? M'en rajouter ne me paraît pas indispensable !

La jeune fille resta bouche bée. La vision qu'elle avait de sa mère ne correspondait pas à celle qu'elle avait l'habitude de voir. Échevelée, le visage fatigué, sa tenue était négligée, une trace rouge de griffure barrait le dessous de son poignet droit. La vue de la blessure fit monter en elle une colère soudaine, instinctive.

— Maman ! C'est papa qui t'a fait ça ?

Marie regarda Aurore, ne comprenant pas, comme si celle-ci avait prononcé une phrase dans une langue inconnue.

— Mais quoi donc, ma fille ?

Aurore approcha sa main et posa le doigt sur le bras de Marie.

— Mais ça !

Marie pencha la tête, regarda sa main et se mit à sourire, gauchement.

— Mais non, ma chérie, ton père n'y est pour rien, c'est un coup de griffe de Nitro ou de Glycérine, je ne sais plus.

Aurore fit semblant de prendre pour argent comptant l'argument de sa mère. Les deux chats étaient présents dans la maison depuis plus de dix ans, elle n'avait jamais entendu parler d'une quelconque agression de leur part. Le sentiment de peur panique qui l'avait envahie commençait à se dissiper peu à peu. Si ses parents venaient à se séparer, qui choisirait-elle ? Son père ? Elle l'adorait. Il y avait bien eu quelques engueulades bien senties, mais Aurore reconnaissait qu'elle avait parfois exagéré et que les remontrances de son paternel n'en étaient que plus justifiées. Sa mère ? Jusqu'à l'adolescence, les rapports mère-fille avaient toujours été un peu tendus. Puis, un jour, elle devint une femme, petite certes, mais une femme tout de même, avec ses soucis mensuels, ses doutes, ses peurs, son quotidien. La mère et la fille étaient désormais sur un pied d'égalité. Le rapport de force fit place à une certaine complicité muette dénuée d'esprit de séduction, avec, en prime, le physique quasiment identique, ce qui les autorisaient à s'échanger des vêtements multiples et variés. Non, elle ne voyait vraiment pas qui, et puis, au fond d'elle-même, elle espérait secrètement la solution de n'avoir jamais à choisir.

Marie attrapa un balai, commença à rassembler les petits morceaux de verre, tandis qu'Aurore alla chercher une pelle. Leur tâche terminée, Marie rejoignit la salle de bains pour une immersion en solitaire dans la baignoire, elle avait envie de cela pour se détendre, se délasser, oublier, ne serait-ce qu'une heure. Aurore suivit sa mère en traînant les pieds, elle avait encore une ou deux questions à lui poser. Devant la glace entourée de bois doré à l'or fin, elle passa son visage à l'eau froide au-dessus d'une des vasques en marbre de carrare, puis quitta son chemisier, sa jupe écossaise. En collant et torse nu, elle tenta de remettre de l'ordre dans sa chevelure. Aurore, appuyée sur le chambranle de la porte, considéra sa mère en se demandant comment serait-elle plus tard, au même âge. Marie quitta le reste de ses vêtements et se tourna vers sa fille :

— Qu'y a-t-il, Aurore ? Tu es bien pensive.

— Tes seins, ils sont beaux. Pourquoi les miens sont-ils pratiquement inexistants ? Ce n'est pas juste, au lycée, les mecs me regardent comme si j'étais une curiosité, surtout à la piscine.

Marie ouvrit le robinet de baignoire et y versa des sels de bain de couleur vert jade.

— Ah, je savais bien qu'un jour, tu me poserais cette question. Vois-tu, ma fille, tu as hérité de mes gènes et ceux ton père. Tes cheveux bruns, c'est de ton père, ta grandeur et tes longues jambes, c'est moi qui te les ai données. Quant à tes yeux vert émeraude, tu peux remercier ton arrière-grand-mère Ida, qui était d'origine scandinave, blonde aux yeux verts ; elle était tellement belle qu'un prince royal s'était épris d'elle. Pour le fuir, elle a émigré en France. Si je suis blonde, c'est peut-être grâce à elle, mais ses yeux ont été pour toi. Ils sont très beaux, d'ailleurs, un jour, un garçon s'intéressera à toi, non pas que pour tes yeux, il ne remarquera même pas ton absence de poitrine, il verra toi, en entier, la belle fille que tu es. Me comprends-tu ?

— Oui, Maman, justement, à propos de garçon…

— Aurore ? Nous aurais-tu caché quelque chose ?

Le ton de Marie fit rougir la jeune fille.

— Non, non, mais voilà, j'ai un petit ami, il s'appelle Bastien. Il est étudiant en histoire contemporaine.

Marie ferma le robinet et entra doucement dans l'eau chaude à peine supportable.

— Et vous vous connaissez depuis combien de temps ?

Aurore prit un ton coupable et très bas, avoua :

— Un an.

L'occupante de la baignoire ouvrit grand les yeux.

— Bravo, ma fille, mais il y a une chose qui me rassure, c'est que ton histoire avec ce garçon ne semble pas perturber tes études. Il est gentil avec toi, au moins ?

Aurore, afficha un sourire conquérant.

— C'est une crème de mec, trop bien.

— Méfie-toi qu'il soit trop bien aussi pour une autre ; le bonheur, c'est comme le gaz, c'est volatil. Quand comptes-tu nous le présenter, cet oiseau rare ?

Devant l'ironie de sa mère, Aurore fit une moue de petite fille en grommelant.

— Maman ! Je lui en ai parlé, il n'ose pas venir, il te trouve trop classe.

Marie leva les yeux au ciel.

— Trop classe, moi ? Mais, cela voudrait dire qu'il sait qui je suis. Où m'aurait-il vu ?

— À l'université.

— Ah, j'aurais dû m'en douter. Débrouille-toi pour le faire venir un dimanche. Il déjeunera avec nous, d'accord ?

Aurore opina de la tête.

— Je vais monter bosser sur mes cours. Au fait, sais-tu où est Papa ?

La baigneuse fit comme si elle n'avait pas entendu, puis lâcha :

— Je l'ignore, il est sorti tout à l'heure. Pourquoi ?

La jeune fille réfléchit un instant, l'air embarrassé.

— Pour rien, depuis son retour de Paris, il n'est plus comme avant.

Sur ces paroles, elle referma la porte de la salle de bains comme pour clore une discussion où elle ne voulait pas être impliquée. Marie, couverte de mousse blanche et interloquée par les derniers propos de sa fille, n'eut pas le temps de lui demander de plus amples détails sur sa pensée. Seul l'écho de la voix restait présent dans sa tête : « *Depuis son retour de Paris, il n'est plus comme avant.* » À force de se répéter la phrase, il ne resta plus que : « *Depuis son retour de Paris* ». Que s'était-il donc passé là-

58

bas ? Jacques aurait-il fait une rencontre ? Ou pire, une conquête féminine ? Aussitôt, lui revint à l'esprit son attitude en apprenant l'accident ferroviaire du Paris-Bordeaux. D'habitude, Jacques n'était jamais véritablement peiné par une catastrophe humaine, quelle qu'elle soit. C'était sa nature, il n'avait pas un cœur de pierre, mais se sentant impuissant, il s'en désintéressait aussitôt. Mais, cette fois-ci, il avait parlé de l'accident pendant quelques jours, puis le sujet avait disparu de leurs conversations. Marie se remémorait tout cela, maintenant. Elle ébaucha un scénario : une rencontre à Paris, début d'une relation, retour ensemble vers Bordeaux en amoureux solitaires sur TGV, Jacques descend avant Bordeaux et patatras, accident ferroviaire, la dulcinée éphémère fait partie des victimes de la catastrophe, en prime, l'horrible sensation d'être passé à côté de quelque chose d'important, d'où sa mauvaise humeur depuis quelque temps, elle frissonna, l'eau du bain s'était refroidie sans qu'elle s'en aperçoive vraiment. Elle se rinça avec la pomme de douche et sortit de la baignoire. Le tremblement irrépressible qu'elle éprouvait ne venait pas du refroidissement corporel à sa sortie du bain, mais, maintenant elle en était consciente, pour la première fois, par la peur de perdre Jacques, et ce, à cause d'une autre. « *Une autre, une autre, qu'est-ce qu'elle aurait de plus que moi ?* » se dit-elle en remettant de l'ordre dans ses cheveux blonds. Les serviettes ayant séché son corps, elle se drapa dans un long peignoir noir, cadeau de Jacques dans des temps anciens, temps qu'elle craignait désormais révolus. Sortie de la salle de bains, elle opta pour aller au lit et reprendre la lecture du dernier roman de Paul Auster, la télé ou Facebook avec ses copines semi-dépressives exposant leurs problèmes de couples, d'enfants et de boulots, ne lui disait rien pour ce soir.

Jacques, assis dans la cour sur un des fauteuils en métal peint qui stationnaient près de bordures fleuries de physalis, d'anémones et de tulipes selon la saison, surveillait la progression des occupants de la maison avec Nitro sur les genoux. La lumière de deuxième étage l'informa qu'Aurore était montée dans sa chambre et qu'elle n'en redescendrait pas de sitôt. La fenêtre de la salle de bains ne s'éteignit qu'après un bon moment, ce qui lui indiqua que Marie avait pris un bain. Une lumière apparut dans l'encadrement de celle de leur chambre, celle-ci venait donc de se coucher. Jacques décida de rentrer maintenant, la voie était libre. Glycérine vint miauler en faisant des ronds de jambe à son maître. Doucement et un peu engourdi par la fraîcheur de la nuit, il se leva et se dirigea vers la porte d'entrée accompagné des deux félins qui se précipitèrent vers la chatière. En refermant sans bruit derrière lui, il ne s'attarda pas à la vaisselle du dîner resté sur la table. Les deux matous, prudents et intuitifs, allèrent se pelotonner à deux sur le vieux canapé en tissu réservé pour eux. Après un passage bref dans la salle de bains, Jacques entra dans la chambre, le cœur affolé par l'éventuelle réaction de Marie. Fausse alerte, celle-ci dormait profondément, la boîte de somnifères trônant sur la table de nuit lui prouva qu'il ne risquait pas de la réveiller en rentrant dans le lit. Comme tous les soirs, avant de sombrer dans le sommeil, il fut partagé entre le sentiment de tout avouer ou de continuer ce qu'il avait décidé. Avant que les bras de Morphée ne l'accueillent, il avait pris sa décision : il devait continuer.

Chapitre 9

Jacques, assis derrière son bureau, referma rageusement un dossier et appela sa secrétaire.

— Mme Guire ! Venez dans mon bureau.

Yvette Guire, quadra plantureuse, décolleté ravageur et croupe moulée dans une jupe de stretch noir, entra prestement dans la pièce : le ton de son directeur ne lui avait pas permis une quelconque attente, elle se mit pratiquement au garde-à-vous devant lui.

— Oui, Jacques ? Qu'est-ce qui ne va pas ?

Jacques scruta sa secrétaire comme si elle avait prononcé une énormité.

— Comment avez-vous dit ? Nous n'avons pas gardé les vaches ensemble, me semble-t-il.

La pin-up ravala sa salive.

— Excusez-moi, M. Riché, que puis-je pour vous ?

Jacques arbora un grand sourire de satisfaction. Il y avait longtemps qu'il voulait rabattre le caquet de cette dinde qui devait sa progression dans la société bien plus à son physique qu'à ses compétences professionnelles. Il lui lança sans ménagement le dossier au bout de son bureau.

— Refaites-moi tout ça, c'est truffé de fautes. Nous allons passer pour qui, si ce rapport est envoyé en l'état aux actionnaires ? Des illettrés ?

La secrétaire, déstabilisée, resta muette.

— Il me le faut pour 9 heures demain matin. C'est compris ?

La secrétaire sentit une sueur froide couler dans son dos. Elle ne saisissait pas trop ce qui lui arrivait, mais comprit vite qu'il fallait, cette fois-ci, ne pas commettre d'erreur, sous peine de subir des temps pénibles à plus ou moins brève échéance. Elle prit délicatement le dossier, demanda si c'était tout, Jacques grogna un « oui » en s'intéressant follement à un dépliant commercial. La blonde quitta le lieu en claquant la porte. Jacques crut distinguer « connard » et « abruti » dans la conversation qu'eurent les deux secrétaires dans la pièce voisine. Il ne broncha pas. Après avoir reculé son fauteuil de cuir, il posa ses pieds sur son bureau, s'alluma un cigare et mit les mains derrière la nuque. Il était satisfait de son petit numéro, mais celui-ci lui avait tout de même coûté. Il n'avait rien contre cette femme, mais le côté pipelette de bureau et vamp de chevet de celle-ci lui avait paru utile comme point d'ancrage pour se faire détester durablement dans la boîte. Il était certain que son dialogue avec elle serait répété et amplifié dans le mélo jusqu'à l'extrême, ce dernier étant le bureau du président du groupe. Jacques estima à environ vingt-quatre heures le délai qui s'écoulerait entre l'entretien passé et l'arrivée en fanfare du président, ce qui lui laissait donc l'après-midi de libre.

À midi moins cinq, il quitta son bureau, passa dans celui des secrétaires, au passage, il lâcha qu'il serait absent pour le reste de la journée et qu'elles avaient son numéro de portable au cas où. Christine, la standardiste, souhaita un bon après-midi à Jacques, celui-ci la remercia en disant *« De même, Mlle Augé. »* Le regard de haine féroce que lança Yvette à sa collègue rassura Jacques sur sa stratégie. En sortant rejoindre sa voiture, il eut une pensée fugace pour la petite standardiste qui risquait passer un après-midi quelque peu orageux. Le restaurant où il avait prévu de déjeuner se trouvant dans la vieille ville, il pressa l'allure, car trouver à se garer dans la rue était devenu mission impossible.

* * *

L'établissement où était attablé Jacques ne lui était pas inconnu. Pizzeria depuis plus de vingt ans, ce lieu avait été successivement un restaurant huppé, un hôtel, une cantine militaire pendant la Seconde Guerre mondiale et, dans des temps plus anciens encore, un relais de poste. L'ambiance y était feutrée, les tables suffisamment éloignées les unes des autres pour permettre une certaine intimité entre les convives. La bonne société de la ville s'y retrouvait à midi, les auteurs, les chercheurs de tout poil et divers historiens, trouvaient pratique la présence de cet établissement en face de la médiathèque. Déjà venu avec Marie, il y était connu comme un client fidèle, à son dernier passage dans les lieux, il s'était fait remarquer en arrivant avec un aréopage de clients coréens. Le déjeuner s'était prolongé jusqu'à une heure indécente, Jacques avait dû user de tous ses talents d'homme distingué et de manager pour faire accélérer les choses. Présentement, ce jour-là, il était heureux d'être acteur important d'une société en pleine expansion, heureux d'être aimé, d'être vivant. C'était à ce passé, somme toute, pas si lointain, que Jacques pensait, nostalgique. Il ne vit pas arriver son invitée et fut surpris, l'air ailleurs.

— Bonjour, Jacques !

L'homme en question releva brusquement la tête et reconnut Barbara, une amie depuis plus de trente ans, presque une sœur. Il se leva, s'excusa de ce moment d'absence et l'embrassa sur les deux joues.

— Tu as réussi à te garer ? C'est devenu infernal, tu sais.

Elle opina de la tête tout en enlevant son manteau. Jacques, très vieille France, le lui prit et alla le poser sur un valet positionné à l'entrée d'une autre salle. Il revint s'asseoir et remarqua au passage qu'elle portait sa longue jupe beige et ses bottes cavalières, cadeau de Jacques, des années en arrière.

— Alors, quoi de neuf dans ta vie, ma chère ?

Elle allait répondre quand se présenta un serveur quelque peu efféminé coiffé d'un brushing blond, qui demanda s'ils avaient choisi leurs menus. Jacques envoya promener l'opportun en prétextant que Madame venait d'arriver et qu'elle n'avait pas encore eu le temps de consulter la carte. Le serveur, vexé, tourna les talons en ondulant des hanches et alla s'occuper ailleurs. Barbara, hilare, riait sous cape.

— Tu es toujours aussi distingué, mon pauvre Jacques.

— Désolé, mais je ne suis pas d'humeur facile, ces temps-ci. Choisis ton menu avant qu'il ne rapplique.

Sa prédiction se révéla juste. Cette fois-ci, il fit preuve d'amabilité. Ils choisirent ensemble à peu près les mêmes plats. C'en était ainsi une à deux fois par an, ils se retrouvaient au même restaurant. Le scribe serveur prit note de tout, puis s'éclipsa sans un mot. L'invitée de Jacques attendit un peu avant de répondre à sa question. Elle semblait hésiter, comme embarrassée par ce qu'elle avait à dire. Elle soupira, se passa la main dans ses cheveux sombres avant de les ramener dans son dos, ses prunelles brillaient comme des miroirs, Jacques s'en inquiéta, il s'attendit au pire.

— Ce n'est pas facile, Jacques, commença-t-elle.

La gravité de la voix de Barbara l'informa qu'il s'était passé quelque chose d'important depuis leur dernière rencontre, à peu près à la même date. Jacques prit une gorgée de Campari, arrivé sur la table subitement. Il espéra que l'alcool de l'apéritif allait l'aider à surmonter l'épreuve.

— Amar m'a quittée. Par hasard, j'ai découvert, il y a six mois environ, qu'il avait une liaison avec une secrétaire comptable dans la société qui l'emploie. J'avais des soupçons, mais cela a été tout de même un choc terrible. J'ai pris sur moi et j'ai fini par lui demander des explications. Comme tu t'en doutes, il a d'abord nié farouchement, puis, voyant que je m'étais renseigné, il a avoué. D'après lui, il aurait voulu aider cette fille à remonter la pente après la mort de son compagnon et puis, de fil en aiguille, de rendez-vous en rendez-vous... Je ne te fais pas un dessin, tu comprends ce qui s'est passé.

— Oui, je vois parfaitement. Mais où est-il, maintenant ?

— Je pense qu'il est retourné en Tunisie ; sa boîte à des filiales là-bas. J'ai appris également que la fameuse secrétaire avait déménagé récemment, je te laisse deviner où.

Jacques se mit à rire et se fit facétieux.

— En Mongolie inférieure ?

Barbara haussa les épaules, un demi-sourire éclaira son beau visage.

— Mais non, idiot. Dans la banlieue de Tunis.

Dans sa tête, les idées, les suggestions, les possibilités et les éventualités se mirent à tourner follement. *Barbara serait-elle libre ? Elle pourrait donc devenir…* Sa pensée s'arrêta net. Il restait un problème.

— Et Maya ? Quel âge a-t-elle maintenant ?

— Douze ans, l'aube de l'âge bête, paraît-il.

Jacques se projeta quelques instants à l'époque où Matthieu et Aurore entraient dans la phase de préadolescence. Il n'y eut aucun événement fâcheux, sauf pour Aurore, encore petite au début d'un été, devenue une jolie jeune fille à l'automne. La transformation l'avait surpris et, pour tout dire, désorienté. À la place de sa petite fille chérie, il y avait une miniature de Marie, une identique finesse, une féminité racée et un regard qui allait, d'ici peu, affoler bon nombre de garçons.

— Et comment prend-elle tous ces bouleversements ?

Barbara laissa un moment s'écouler, comme pour ajuster sa réponse. Le serveur arriva avec les entrées. Celui-ci disparu, elle se décida à continuer :

— Jusqu'à onze ans, Maya n'a eu d'yeux que pour son père. Puis, en très peu de temps, elle s'est rapprochée de moi. Sur le coup, j'ai pensé que c'était la préadolescence, les changements à venir qui faisaient qu'elle se sentait mieux auprès de moi, ou peut-être que j'étais la meilleure personne pour la comprendre et la soutenir. Ce n'est qu'après le départ de son père que j'ai compris que je m'étais trompée. La vraie raison de la désaffection de Maya pour son père était qu'elle l'avait vu en compagnie d'une autre femme : les deux tourtereaux se promenaient en ville, enlacés, amoureux. Malgré sa surprise et sa colère, bien légitime, elle a décidé de garder le secret jusqu'au départ précipité de son père. Le soir même, elle m'a tout dit. Au début, je lui en ai voulu, car, si j'avais su, je me serais sans doute battue différemment. Pendant trois ou quatre mois, elle ne voulait même pas parler à son père au téléphone, c'était comme s'il n'avait jamais existé. Il y a deux mois, elle a reçu une carte d'anniversaire. Le cachet de la poste indiquait Marseille. Maya n'a jamais voulu que je lise le message écrit dessus, mais depuis, elle reparle à son père et semble comprendre que désormais, il ne reviendra plus. Même s'il devait réapparaître, je ne l'accepterais pas à nouveau dans ma vie !

Jacques termina son Campari avant de se servir. Maya était donc avec elle, de toute façon, cela n'avait pas d'importance, elle ne le gênait pas. Pour le vin italien, il décida d'être raisonnable. Rester lucide était la priorité du moment présent. Il lui fallait en savoir plus avant de mettre son plan en route.

— Je te comprends, d'autant plus qu'entre Marie et moi, c'est plutôt à couteaux tirés ces temps-ci.

Le beau visage de Barbara exprima tout d'abord la surprise, puis l'incrédulité.

— Fâchés, vous deux ? Excuse-moi, mais je n'y crois guère. Ce n'est qu'un remous dans votre couple, ça va s'arranger, tu verras.

Jacques, tout en restant silencieux, coupa en petits dés son morceau de fromage de chèvre frais, entoura une des brisures avec une feuille de salade et, à l'aide de sa fourchette, enfourna le tout. Tout en mastiquant, Jacques estima qu'il allait trop vite. Sa bouchée avalée, arrosée d'un demi-verre de vin rosé, il décida de changer de sujet :

— Mais alors, que vas-tu devenir ? Tu officies toujours chez ton animateur d'émissions télé ?

À l'évocation de son travail, elle eut un mouvement d'humeur.

— Figure-toi que je n'ai pas eu de chance sur ce coup-là. Après avoir bossé jour et nuit sur le pilote d'une future série de téléréalité, le producteur a revendu sa boîte à un fonds d'investissement du Qatar. Le nouveau boss a estimé que l'on était trop de monde. Résultat : plan social et licenciement. Je suis en procès avec eux. Si je gagne, c'est cool ; si je perds, je suis dans la merde jusqu'au cou. Je n'ai plus d'argent, enfin, beaucoup moins qu'avant. Ça m'a obligé de lâcher le superbe appartement que l'on avait à Paris. Maintenant, avec Maya, je squatte chez une copine pas loin d'ici en attendant. Magnifique, ma vie, non ?

Jacques opina de la tête. Il sortit son chéquier, griffonna des chiffres, des lettres, signa. Prestement, il retira la formule de chèque du talon et la tendit à sa convive en disant : *« Pour toi »*

66

La jeune femme prit le chèque devant elle, lut la somme, ses yeux s'agrandirent, incrédules.

— Mais tu es fou, Jacques, pourquoi, fais-tu cela ? Ma situation est difficile, je le reconnais. Mais je ne suis pas quelqu'un que l'on achète. Je suis désolée, mais c'est non.

Elle avait prononcé ces mots sur un ton sévère et plus haut que l'habitude en ces lieux. Des têtes se tournèrent, certains visages se firent interrogateurs. Jacques, impassible, reprit le chèque et le reposa devant Barbara. Celle-ci comprit qu'il ne s'agissait pas d'une blague ou d'un caprice de son ami. Trop d'années étaient passées entre eux. À chaque rencontre, ils ne se jaugeaient plus, désormais, ils s'appréciaient. Elle reprit à nouveau le chèque, relut la somme deux ou trois fois pour vérifier qu'elle ne rêvait pas et d'un geste précis, elle le plia et le mit dans son sac à main.

— Bon, qui dois-je tuer ?

Jacques eut un petit sourire de satisfaction. Il avait gagné.

— Rassure-toi, tu ne tueras personne, mais tu vas devenir ma femme pendant quelques heures, et ce, seulement quand je le désirerai. C'est compris ?

— Tu sais, Jacques, fit-elle, sur un ton très bas, tu n'avais pas besoin de me payer pour coucher avec moi : trouve un bel hôtel et envoyons-nous en l'air !

Jacques eut un rictus de déception.

— Tu ne coucheras pas avec moi, pas de baisers non plus. Mariage blanc, ce sera.

— Ah bon ? Dommage. Mais que dois-je faire alors ?

Cette fois-ci, le sourire de Jacques fut énigmatique.

— Je vais t'expliquer.

Chapitre 10

Jacques appuya sur la sonnette. Comme aucun son ne lui parvenait, il pressa le bouton une deuxième fois. Un « *Voilà, voilà, j'arrive* » lointain se fit entendre. La porte s'ouvrit sur Barbara en peignoir de bain à peine fermé.

— Entre, Jacques, je vais finir de m'habiller.

Elle disparut rapidement vers un couloir, puis une porte claqua.

L'appartement situé au deuxième étage d'une tour récente sentait encore la fraîcheur de travaux récents. Le syndic de copropriété avait décidé de refaire tous les logements des tours environnantes, ce programme de travaux avait alarmé la logeuse de Barbara, car celle-ci percevait, en toute illégalité, un loyer en sous-location de la part de la jeune femme. Les ouvriers, blasés, ne se posèrent pas plus de questions sur ce logement que sur la faune hétéroclite habitant la cité-dortoir ouest. Meublés simplement, les lieux semblaient entretenus régulièrement, rien ne traînait sauf quelques magazines sur une table basse, dans une bibliothèque Ikea trônaient les derniers romans de Marc Levy et de Guillaume Musso. Un gargouillis et une bonne odeur de café frais conquirent soudainement l'espace restreint du lieu. La cafetière termina son œuvre dans un doux chuintement puis le silence reprit possession de l'appartement. Barbara se présenta dans l'entrebâillement de l'entrée d'un couloir.

— Coucou ! Me voilà, qu'en penses-tu ?

Jacques resta quelques instants, muet devant l'apparition.

— Eh bien, j'en pense que tu es parfaite. Qu'est-ce que tu es belle ! Je ne comprends pas pourquoi ton mari t'a trompée avec une autre.

Barbara passa ses mains sur ses hanches rondes comme pour mieux plaquer le pantalon blanc ultra-moulant chapardé à la maîtresse des lieux. Elle tira sur son pull pour le replacer, ce qui eut pour effet d'accentuer le décolleté sexy imposé par Jacques. Elle hésita un instant devant les chaussures. Ce fut finalement les bottes montantes à talons hauts qui emportèrent la décision. Ainsi parée, elle se rapprocha de Jacques.

— Alors, reprit-elle, ton épouse temporaire te plaît ?

Jacques resta pensif un temps.

— Oui, Barbara, tu me plais beaucoup.

— Tant mieux. On prend un café et on y va ?

— OK, mais on fait vite, sinon on va rater le moment où il y a le plus de monde dans les rues.

***

Durant trois jours, ils arpentèrent les rues piétonnes les plus populeuses. Le plan de Jacques était simple : il fallait qu'on les voient dans les rues de la ville, amoureux et insouciants. Malgré une surveillance pointue des personnes qu'ils croisaient, ce fut sans résultat probant. En fin d'après-midi du quatrième jour, dans la rue Jean Jaurès, Jacques aperçut deux femmes qui arrivaient au-devant d'eux. À mesure qu'elles s'approchaient, son espoir devint certitude. Il s'agissait bien d'une amie de Marie accompagnée d'une très belle jeune fille brune et longiligne. « *C'est sûrement sa fille* » pensa Jacques, tandis qu'il lâchait la main de Barbara pour l'enlacer en plaquant sa main sur son fessier.

– Ça devient intéressant ! Murmura-t-elle.

Jacques ne répondit rien et se contenta de caler son pas avec celle qui l'accompagnait. En fait, il était plutôt mal à l'aise. Ne sachant la réaction des personnes qu'ils allaient croiser, il restait sur ses gardes. À trois mètres de se croiser, la plus âgée des deux réalisa soudainement l'improbable spectacle qu'elle avait devant ses yeux ébahis. L'étrangeté de la situation inhiba toute réaction en elle, sauf celle de continuer son chemin comme si ce qu'elle voyait ne pouvait être vrai. Les deux couples se croisèrent, Jacques serra plus fort la taille de son accompagnatrice. Celle-ci grogna de plaisir et posa sa tête contre l'épaule de Jacques en arborant un flagrant sourire de satisfaction. Le couple féminin continua son chemin, l'une d'entre elles se retournant sans cesse pour voir si elle n'avait pas rêvé. La plus jeune, intriguée, finit par s'énerver.

— Maman ! Qu'est-ce que tu as ? Tu n'as jamais vu un couple d'amoureux ?

Ignorant la question, l'autre se retourna encore.

— Mais tu n'as pas vu ? C'était Jacques Riché avec une, une...

La jeune fille haussa les épaules.

— Et alors, aujourd'hui, c'est courant. Où est le problème ?

L'interrogée regarda sa fille.

— Le problème ? Il est simple. Normalement, la femme de Jacques, c'est une grande blonde mince, très belle. Ce n'est pas vraiment celle que nous venons de croiser, non ?

— Ben non, pas vraiment. Demande à la femme de ce Jacques, c'est ta meilleure copine, il me semble.

— Ne t'inquiète pas, je vais le faire. J'aimerais bien comprendre ce qui se passe.

Tandis que les deux femmes conversaient tout en cheminant dans la rue, Jacques et Barbara avaient quitté la rue pour s'installer dans un café.

— Ma chère Barbara, je crois que nous avons réussi. As-tu remarqué celles que nous avons croisées tout à l'heure ?

Barbara se mit à fouiller dans sa mémoire.

— La vieille et la jeune ? On aurait dit mère et fille.

— C'est exactement cela ou, du moins, j'en suis presque sûr. Vu la réaction que l'une d'entre elles, j'ai le droit de penser qu'il s'agissait de la meilleure amie de Marie, ainsi que sa fille, d'ailleurs. Si ce n'est pas déjà fait, elle va s'empresser de téléphoner à ma femme pour lui raconter en détail ce qu'elle a vu. C'était LA personne qu'il fallait que nous rencontrions.

La jeune femme en face de Jacques resta dubitative devant son discours.

— Tu ne crois pas que tu joues à un jeu dangereux ? Tu pourrais t'y perdre.

Un ombre passa sur le visage de Jacques.

— Ce n'est pas un jeu, Barbara, c'est un combat que je mène.

Elle approuva d'un hochement de tête.

— Oui, si tu veux, un combat. Mais contre qui ? Toi ou Marie ?

— Contre moi-même. Marie en sera la victime expiatoire et, en tant que telle, elle sera libérée.

Barbara scruta les yeux de Jacques.

— Je ne te comprends pas, mais je te connais assez pour être sûr que tu sais ce que tu fais.

Sur ces paroles, elle se leva de sa chaise.

— Je dois rentrer ; Maya veut aller au ciné ce soir. Merci pour tout, Jacques. Tu sais, pour le chèque, je ne sais pas si je le toucherai. C'est trop pour moi. Il me faudrait des mois pour gagner cette somme. Tu comprends ?

— Oui, Barbara. Dépose-le en banque dès que possible et profites-en bien. Tu le mérites.

— Je ne le sais pas vraiment.

Ils sortirent sur la terrasse du bar. Le jour déclinait doucement, l'instant était entre chien et loup. Barbara prit la main de Jacques, comme pour l'emmener vers un destin commun, puis se retourna et vint coller ses lèvres sur celles de Jacques. Celui-ci enserra de son bras la jeune femme comme pour imprimer la marque de son corps sur le sien. Le baiser ne dura que cinq ou six secondes, mais ce fut une éternité, une communion, une envie irrépressible que cela ne finisse jamais. Après ce pur moment de bonheur, il y eut des regards où se mêlaient tour à tour l'incrédulité, la surprise, la colère, le regret, la tristesse et puis pour finir, la résignation. Ils firent quelques pas ensemble comme pour conjurer un sort qu'ils savaient déjà jeté.

— Pourquoi cela, Barbara ?

Elle fixa Jacques, les yeux révulsés et cria presque :

– Mais parce que je t'aime, Jacques, tu m'entends, JE T'AIME !

72

Elle avait prononcé ces mots dans une sorte d'énergie du désespoir, une bouteille à la mer. Elle savait, elle sentait qu'après le coin de rue qui allait les séparer, elle ne reverrait plus cet homme pour qui son affection s'était construite d'année en année, à mesure de leurs rencontres ou leurs appels téléphoniques de temps à autre, quand l'un des deux n'allait pas bien.

— Non, Barbara, il ne faut pas. Je ne te mérite pas. Vas-t-en, ce sera mieux ainsi.

Barbara pleurait maintenant.

— Pourquoi ? Pourquoi ?

Elle martela la poitrine de Jacques.

— *Parce que je suis maudit, tu m'entends bien, JE SUIS MAUDIT !*

Il se dégagea des mains de la jeune femme et se mit à fuir dans la rue en courant. Sa voix résonna contre les immeubles et les vitrines.

— *MAUDIT, JE SUIS MAUDIT !*

Les paroles de Jacques résonnèrent longtemps dans la tête de Barbara. Elle y pensa encore dans la soirée, puis effaça inconsciemment le numéro de mobile de Jacques. Se rendant compte, soudainement de ce qu'elle avait fait, de rage, elle envoya son téléphone contre le mur du salon.

Elle pleura toute la soirée et toute la nuit.

***

Les jours qui suivirent furent mornes et calmes. Jacques s'attendait à une réaction violente de la part de Marie, mais celle-ci ne vint pas. Cependant, il y eut une alerte le mercredi en fin de soirée.

Jacques prenait sa douche, son esprit vagabondait entre des souvenirs avec Marie et des scènes de *La route* de Cormac Mac Carthy, auteur américain bien connu en Europe. Soudain, la porte de la salle de bains s'ouvrit et claqua aussitôt. Malgré l'eau chaude qui coulait sur lui, il frissonna. « *C'est le moment !* » pensa-t-il. Le rideau de douche fut tiré violemment, Marie en peignoir fixait intensément son homme, un sourire en coin. Jacques coupa l'eau et attendit. Il était prêt. Contre toute attente, Marie porta ses mains sur le haut de son vêtement et le fit tomber au sol. Nue comme un ver, elle entra dans la cabine, l'entoura de ses bras tout en l'embrassant goulûment. Jacques sentit tout de suite le goût de l'alcool sur Marie. « *Elle a encore bu !*» Leurs lèvres étaient toujours soudées quand les mains de Marie se mirent à chercher. Quand elles eurent trouvé et rendu l'objet du désir conforme au souhait de leur maîtresse, celle-ci se détacha et se retourna, offrant sa croupe rebondie.

— Baise-moi ! fit-elle, simplement.

Jacques hésitait. Il avait envie d'elle autant qu'elle avait envie de lui. Une des mains de Marie attrapa le sexe de Jacques et le pointa vers le sien.

— Baise-moi maintenant !

D'une suggestion, le ton était passé à l'ordre. Il ne lui restait plus que le choix de s'exécuter ou de s'enfuir. Jacques ferma les yeux et rentra dans Marie jusqu'à la garde. Celle-ci fit un « oui » profond et en ondulant des hanches, commença un mouvement de va-et-vient. Il comprit qu'elle avait décidé de prendre les choses en mains. Elle ondula de plus en plus vite, ses fesses venaient se plaquer de plus en plus fort contre son bas-ventre. Elle haletait des *« Encore ! »* des *« Oui, oui, plus fort ! »* Les deux mains plaquées sur la faïence de la douche, penchée à l'équerre, elle rejeta sa tête en arrière et poussa un long cri rauque. Elle jouissait. Jacques l'accompagna dans le plaisir et leurs deux corps fourbus de sexe, repus de plaisir, s'effondrèrent sur les carreaux de pâte de verre jaune et blanc du fond de la douche.

Plus tard, dans la nuit, quand le sommeil ne l'avait pas encore emporté loin de la chambre, Jacques, furtivement, pensa que c'était la dernière fois qu'il faisait l'amour avec Marie. Les choses allaient changer dans les jours qui suivraient, il en était maintenant certain.

Chapitre 11

— Si je t'ai bien comprise, Jacques se balade en ville avec une autre femme que moi et une black, en plus, c'est bien ça ? La réponse à l'autre bout du téléphone fut affirmative sans hésitation.

— Elle est comment, cette femme ? Quel âge environ ? L'interlocutrice fut cette fois-ci, évasive.

— Très grande et mince, tu dis. Quarante ans ? Je crois savoir qui elle est. J'aurais dû m'en douter. Merci Christine, je te rappelle plus tard.

***

Jacques rangea méticuleusement les dossiers qu'il avait devant lui dans l'armoire blindée en face de son bureau. Une fois l'opération terminée, il retourna à son fauteuil pour réfléchir à ce qui venait de se passer quelques minutes auparavant. La matinée avait pourtant bien commencé : la nouvelle de la signature d'un faramineux contrat avec le Moyen-Orient avait apporté du baume dans un avenir devenu incertain. L'arrivée du président de groupe dans le bureau de Jacques avait douché l'optimisme ambiant, le patron portait le masque des mauvais jours. Passés les propos anodins sur le travail, le président lui annonça que la secrétaire qu'il avait vivement tancée quelque temps plus tôt, avait déposé un dossier contre lui au Conseil des Prud'hommes pour harcèlement moral. Jacques se défendit mollement en prétextant diverses fautes et oublis dans le travail administratif. Le président en convint, mais ajouta qu'un peu plus de souplesse aurait été mieux vu. Sentant le vent venir, Jacques rabattit l'entretien sur les tenues vestimentaires des secrétaires et le personnel féminin en général, le président, cette fois, abonda dans son sens. Il allait faire paraître une note de service interne, remise à chaque secrétaire féminine, pour signifier que les tenues ouvertes et les jupes trop courtes ne seraient plus tolérées dans l'établissement, la présidente du Comité central d'entreprise, ancienne soixante-huitarde pure et dure, avait même trouvé le projet plein de bon sens. Afin de ne pas perdre la face, le président avait prévenu, sans ambages, que si une autre affaire de harcèlement moral apparaissait, il n'hésiterait pas à se séparer du coupable, sans espoir de retour. Jacques, sur le moment, avait pris en considération les paroles de son PDG. Mais maintenant, il s'en fichait comme d'une guigne. Son avenir, pour lui, il savait comment il serait fait. Quant à s'excuser auprès de l'employée concernée, il n'en avait pas la moindre envie. Le travail devait être bien fait, un point c'est tout.

Il passa le reste de la journée en réunions avec les commerciaux et des fournisseurs pour des contrats à venir. En rentrant le soir, il trouva la maison vide de ses occupants, sauf les chats, rentrés en même temps que lui. Ce fut qu'une fois les félins rassasiés de croquettes et de câlins, qu'il vit le papier plié sur la table. Il hésita un moment avant de le prendre, comme si celui-ci allait lui brûler les doigts. Après s'être assis dans un des fauteuils crapauds en cuir sombre, il le déplia doucement.

Je dîne avec un ami.
Rentrerai tard
M

Jacques comprit qu'elle savait pour Barbara. Restait à savoir si elle dînait avec cet « ami » pour qu'il y ait une suite après où si c'était simplement une rencontre provoquée par elle pour demander des conseils sur la situation présente. Le ton du papier était déjà éloquent. D'ordinaire, elle aurait marqué un mot gentil ou quelque chose d'analogue. Mais présentement, c'était sec. Le couperet venait de tomber. Il reposa le billet sur la table, Aurore allait rentrer. Cruel dilemme : que lui dire ? La vérité ? C'était une impossibilité majeure. Jouer la comédie du couple qui tient encore alors que les protagonistes sont KO debout ? Devant sa fille, secrètement la préférée, il ne savait quelle devrait être son attitude, comme si, dans ses funestes projets, elle n'avait pas été prévue. Une fois Marie partie, pour qui prendra-t-elle parti ? Si elle devait rester, au bout d'un moment, elle découvrirait le pot aux roses. « *Non, il ne faut pas qu'elle reste, ou du moins, un laps de temps le plus court possible ou encore, il faut qu'elle parte d'elle-même, heureuse de quitter la maison… !* » Même en tant que telle, cette éventualité lui fendait le cœur. Que pensera-t-elle de lui dans dix ou quinze ans ? Si elle a des enfants, quelles seront ses paroles à propos de ce grand-père disparu trop tôt ?

Ces réflexions l'amenèrent tard dans la soirée.

Aurore rentra, demanda où était sa mère. Jacques répondit qu'il ne savait pas. *« Partie dîner avec quelqu'un de sa connaissance »* avait-il répondu, évasivement. La petite avait fait une moue étonnée et avait rejoint sa chambre en montant l'escalier doucement, pensive. Soudainement, elle redescendit, alla faire une bise à son père. *« Je t'aime, Papa, tu sais »* Ému, il répondit qu'il le savait, et n'en avait jamais douté, même pas une seule seconde.

Une fois ses ablutions du soir faites, il alla se coucher. Il avait à peine commencé une page de son roman quand le sommeil vint doucement.

***

Marie rentra tard, comme elle avait dit. Sa soirée avait été agréable, en d'autres circonstances, c'eût été encore mieux. Elle traversa les pièces de la maison, allumant et éteignant l'éclairage selon son parcours qui l'amena sans encombre jusqu'à la porte de la salle de bains. En refermant doucement la porte, elle soupira d'aise. S'attendant à affronter Jacques endormi dans un des fauteuils du grand salon, son appréhension avait disparu en voyant qu'il n'y avait que les chats pelotonnés sur le canapé. Une fois démaquillée, elle entreprit de se dévêtir. Sa jupe tomba à ses pieds, elle s'apprêtait à enlever sa toute petite culotte quand elle vit la poignée de la porte tourner doucement et le vantail s'ouvrir. Marie se mit à blêmir. Assurément, elle n'avait aucune explication plausible à donner qui pourrait justifier le fait d'être sortie portant bas résille, bottes montantes, string et porte-jarretelles. Dans l'encadrement de la porte se trouvait Aurore en maxi tee-shirt recouvert en partie par sa longue chevelure sombre et des chaussons roses aux pieds. Dans ses yeux se mêlaient à la fois l'étonnement et l'incrédulité.

— Maman ? Mais d'où sors-tu, sapée comme ça ? Et puis, t'as vu l'heure ?

Marie se renfrogna sur les propos de sa fille.

— Hé ho, doucement. Je suis assez grande pour savoir ce que je fais. Je…

Aurore, pour la première fois de sa vie, coupa sèchement sa mère.

— Ouais, c'est ça ! Ben, dis-toi que, si tu as fait des conneries, moi, je ne veux pas en entendre parler !

Et elle referma la porte.

Marie faillit rouvrir la porte pour répliquer à l'insolence filiale, mais elle se ravisa, ce serait pour plus tard, réveiller Jacques accentuerait les problèmes. Elle se dénuda et passa sous la douche. L'eau chaude coulait sur ses épaules, entre ses seins et filait à toute vitesse vers son entre-jambes. La vitesse du fluide lui apportait autant de chaleur que de plaisir. Elle avait de nouveau envie de faire l'amour. Rejoindre Jacques, au plus vite. Mais un syllogisme lui vint à l'esprit : voudrait-il d'elle, épouse soupçonnée infidèle ? « *Mais, qu'est-ce qui me prend ? Je fais du sentiment, alors que lui, il ne s'est pas gêné avec l'autre, comment elle s'appelle déjà ? Ah oui, Barbara ! Une vraie salope, celle-là !* » Elle s'essuya vite fait, attrapa une chemise de nuit et rentra dans la chambre en catimini. Jacques ronflait. Marie se coula dans le lit et frissonna. La chaleur du corps de son homme l'émoustilla encore plus. Tout en se lovant contre lui, sa main flatta l'objet de son désir, mais se rendant finalement compte de l'inutilité de ses caresses, elle tourna le dos et, frustrée, rechercha le sommeil.

***

Le reste de la semaine passa dans une lenteur désespérante. Se sentant seule dans la maison, Aurore avait prétexté avoir du travail supplémentaire au lycée pour réussir à arracher à ses parents le droit de passer le week-end chez son amoureux. Jacques avait peu protesté, il connaissait maintenant l'élu du cœur de sa fille, tandis que Marie, sans rien dire, avait glissé une boîte de préservatifs dans le sac d'Aurore.

La journée du samedi avait servi au couple pour vaquer à leurs occupations habituelles, l'ambiance était lourde, mais se voyant très peu, les occasions de conflits s'en trouvaient réduites au maximum. Jacques était parfaitement conscient que leur couple était sur le fil du rasoir et que celui-ci devenait de plus en plus acéré. Ce fut le soir, après le dîner, que la tension monta d'un cran. Assis tous les deux sur le canapé, Jacques s'endormait devant la télévision qui débitait un navet de premier ordre, tandis que Marie peinait pour s'intéresser au programme. Voyant son mari assoupi, elle lui tapota l'épaule.

— Tu devrais aller te coucher, tu es beaucoup fatigué, ces derniers temps.

Le ton badin de Marie l'alarma et le fit sortir plus vite de sa torpeur.

— Eh oui, on vieillit, je ne tiens plus le choc comme avant. Tu as raison, je vais me laver et me coucher. Et toi ?

— Oh ! Moi, je crois que je vais bouquiner, la télé m'afflige.

Jacques approuva par un signe de tête et se dirigea vers la salle de bains, suivi de Nitro, en veine d'exercice ce soir-là.

Dans le miroir, il regarda son visage et se rappela quand il était militaire, à Bourges. Pointilleux dans sa tenue, il mettait un point d'honneur à ce que sa tenue corporelle et vestimentaire soit impeccable, car il était le chauffeur du général commandant la place militaire de la ville. Le visage lisse d'antan avait laissé place aux sillons des rides, outrages du temps qui passe, terrorisant les femmes, rendant certains hommes séduisants. Chez Jacques, elles n'avaient pas œuvré pour le rendre sublime comme Paul Newman. Il s'apprêtait à se déshabiller quand un petit bruit l'intrigua. C'était une sorte de tac-tac régulier, comme quelque chose de métallique qui cogne contre du bois. Il identifia le son, mais chercha un instant la provenance. Un miaulement agacé lui fit comprendre ce qui se passait. D'un naturel joueur, Nitro, après avoir fait balancer un morceau de tissu au bord d'une chaise, avait coincé une de ses griffes dans son jouet improvisé. Le chat secoua pour se dégager du piège. Il tira si fort qu'une partie du contenu sur le plateau de chaise se déversa sur le pauvre minou gris. Jacques n'eut pas le temps de faire un geste quand il vit le félin partir en trombe, enfin libéré de son petit fardeau.

— Nitro ! C'est malin, il faut que je ramasse tout, maintenant.

Il replaçait les vêtements sur la chaise quand il s'arrêta net, interloqué, car il avait dans ses mains un porte-jarretelles noir, des bas et un string de la même couleur. De sa main libre, il prit le vêtement sur la chaise. C'était une minijupe noire. Jacques ne savait que faire. Une évidence se précisait en lui, mais il n'en voulait pas. Ces effets pouvaient être aussi bien à Aurore qu'à Marie. Il caressa la douceur de la dentelle délicate du soutien-gorge ramassé à terre. La profondeur du bonnet fit évaporer dans son esprit les derniers doutes restants sur la situation. Aurore ne portait jamais ce genre d'article de lingerie féminine, donc, l'unique coupable restante se trouvait dans le salon, en train de lire. Il ouvrit doucement la porte et se dirigea vers la pièce où se trouvait Marie. Contre toute attente, il ne trouva personne. Déçu, il posa les effets sur un guéridon et entreprit de la chercher. Le grand salon et la bibliothèque ne donnèrent rien, pas plus pour la chambre du bas qui était la leur, les WC ou le bureau. À regret, il passa à nouveau dans le salon et monta l'escalier menant au premier étage. La porte de la chambre d'Aurore était entrouverte, il poussa du pied le battant. Toujours rangée impeccablement, une odeur de parfum suave flottait dans l'air, témoin obstiné d'une présence féminine, mais de Marie, point. La chambre de Matthieu fut ignorée, car il savait que celle-ci était fermée à clé depuis le départ de son occupant. Un petit débarras fut visité, sans succès. Jacques commençait à trouver la situation insolite quand il entendit distinctement :

— Eh bien, Jacques, où es-tu ?

La voix venait du bas, mais ne put en savoir la provenance exacte. Arrivé au pied de l'escalier, il trouva Marie assise sur un des accoudoirs des fauteuils crapauds. Les bras croisés, le regard interrogatif.

— Je te cherchais, vois-tu. Pourrais-tu m'expliquer pourquoi…

Son propos cessa lorsqu'il constata que les vêtements qu'il avait posés sur le guéridon quelques instants plus tôt avaient disparu. Marie se leva et s'approcha doucement.

— Je t'écoute : que voulais-tu me dire ou me demander ?

Affolé, il fit du regard le tour de la pièce, puis regretta amèrement de ne pas avoir gardé sur lui les dessous compromettants.

— Dis-moi, Marie, comment étais-tu habillée quand tu as été à ton dîner avec ton soi-disant ami ?

L'esprit de Marie se mit à tourner à toute vitesse. « *Savait-il ou ne savait-il pas ? Dire la vérité ou mentir ?* » En optant pour l'ignorance de sa situation, elle commit sa première erreur.

— Comment j'étais habillée ? En fille des villes, jupe, escarpins, chemisier et veste. Es-tu satisfait ?

Jacques, cette fois-ci, douta.

— Pas tout à fait, car tout à l'heure, j'ai trouvé dans la salle de bains des dessous très chics, sexy et il se trouve que se sont les tiens, ceux que tu ne portes que dans les grandes occasions. Les portais-tu ce soir-là ? Et si c'est le cas, pourquoi ?

Marie avait compris la bévue quelle avait commise en laissant sur la chaise ses dessous compromettants. Comment avait-il fait pour les trouver ? Délibérément, elle s'enfonça dans ses mensonges.

— Mais non, je ne les portais pas. C'est peut-être Aurore qui a laissé traîner les siens, je ne sais pas.

— Tiens donc, depuis quand Aurore fait-elle du 95C en tour de poitrine ?

Marie, qui trouvait que l'affaire tournait vinaigre, s'énerva. Deuxième erreur.

— C'est tout de même incroyable ! J'ai bientôt cinquante-cinq ans et je n'ai pas le droit de m'habiller comme je veux quand je sors, c'est fou, ça.

Jacques exultait, le ton montait enfin.

— Je ne me souviens pas de t'avoir interdit quoi que ce soit sur ta façon de t'habiller, mais là, c'est troublant. Tu t'es habillée très sexy pour un rendez-vous avec un homme avec qui tu as dîné et tu es rentrée tard dans la nuit. Pour moi, cela fait beaucoup d'éléments qui me font penser qu'il a pu se passer des choses ce soir-là.

Il avait prononcé ses paroles d'une seule traite. Essoufflé, il savait qu'il ne tiendrait pas longtemps le choc. Garder la main, résister à l'apitoiement, rester ferme et dur lui semblait plus que jamais primordial. Au fond de lui, il souffrait horriblement. S'il elle avait couché avec ce type, c'était lui qui avait poussé Marie dans les bras d'un autre. Des deux, il se sentait le seul coupable. Mais Marie paniquait de plus en plus, elle regrettait à présent d'avoir accepté cette invitation, aucun scénario ne lui était venu à l'esprit en se rendant au restaurant huppé où on lui avait donné rendez-vous, elle s'était seulement sentie belle ce soir-là, désirable aux yeux des hommes qui l'entouraient. Celui qui l'avait invitée était encore jeune et beau. L'alcool de l'apéritif, le vin italien, l'ambiance feutrée avaient piégé cette femme rangée et sage, sa fatigue, ses soucis et pire, ses inhibitions s'étaient volatilisées, elle voulait être femme à part entière, libérée et se sentait bien en compagnie de cet homme. Lui, pas sot, s'en était rendu compte rapidement. La séduire lui fut facile et l'amour qu'ils firent sur le grand canapé, dans son immense appartement du quatrième étage de l'immeuble haussmannien de la rue la plus chic de la ville, n'en fut plus que torride. Elle lui avait offert ses lèvres, sa blondeur et l'extrême finesse de son corps, sa chaleur et ses secrets intimes et l'avait quitté sans regret, rassasiée, assouvie dans ses fantasmes et ses plaisirs, sachant pertinemment qu'elle ne le reverrait plus ou, du moins, pas de la même manière. Sur le chemin du retour, l'esprit de vengeance qui l'avait fait tomber dans les bras d'un inconnu dragué sur Internet s'estompait rapidement, une angoisse encore vague prenait la place doucement. Dans la ville endormie, une sirène de police au loin rompait de temps à autre le silence relatif de la cité. « *Et si je m'étais trompé ? Et si elle m'avait menti ?* » Un doute avait émergé dans le bruit de ses escarpins frappant le trottoir usé par les passants diurnes. Celui-ci subsistait encore quand elle décida de jouer le tout pour le tout.

— Eh bien oui ! cria-t-elle, j'ai couché avec ce type parce que j'en avais envie ! Il m'arrive d'avoir des envies à moi aussi, figure-toi. Sauf que moi, j'ai été discrète, ce n'est pas comme toi, n'est-ce pas ?

Jacques comprit qu'il avait gagné, mais le nœud qui lui tordait l'estomac n'était rien en rapport à la potion amère qu'il allait devoir avaler quand tout sera terminé. Sur le moment, il feignit l'étonnement.

— Comment ça, je n'ai pas été discret ? Je ne comprends pas.

Marie s'approcha, menaçante.

— Ne te moque pas de moi, Jacques. Tu as été vu dans les rues de la ville avec ta copine Barbara. Quelle idiote j'ai été pour ne pas voir l'évidence ! Vos déjeuners au restaurant, tous les ans, c'était pour mieux vous retrouver. Je serais curieuse de savoir dans quel hôtel vous avez baisé et à quel prix tu as estimé le droit de te faire le cul de cette pouffiasse !

Le sang de Jacques ne fit qu'un tour.

— Je t'interdis de traiter Barbara de pouffiasse !

Une gifle claqua.

Marie, abasourdie par le geste de celui qui était, peu de temps auparavant, son mari, son amour, son homme, chancela sur le coup, recula et s'effondra sur le canapé.

Mal à l'aise, Jacques battit en retraite vers la chambre en espérant que celle qui pleurait toutes les larmes de son corps désormais ne le rejoindrait pas dans le lit conjugal. Il n'aurait ni la force ni l'envie ni le courage de la chasser. Marie nue à côté de lui, tout pouvait arriver.

***

Le lendemain fut nauséeux et solitaire.

83

Nitro, par un quelconque stratagème, avait réussi à rentrer dans la chambre et s'était pelotonné dans un coin du lit. Jacques, écouta un moment, caressa le félin, tout heureux d'être accepté ici. Pas un bruit dans la maison, sa première pensée fut pour Marie. « *Où avait-elle dormi ? Était-elle encore dans la maison ?* »

Péniblement, il se leva. Mettre un pied devant l'autre se révéla être une torture, il se cogna contre un meuble, contre la porte et pour finir, contre la cloison du couloir. La nausée, montant en intensité, lui broyait le ventre. Vomir lui paraissait une bonne solution à condition de ne par voir ce qu'il allait expulser. En fait, il ne savait trop si ce serait de la bile ou les restes du repas de la veille ou toute la haine noirâtre qu'il avait accumulée ces jours derniers à propos de l'humanité et plus particulièrement contre les cancérologues et leurs secrétaires arrogantes. Assis sur la cuvette WC, il vida sa vessie et attendit que ce monde qui tournait autour de lui se calme un peu.

Dans la cuisine, dans l'évier de marbre gris pâle, trônait une tasse en porcelaine que Jacques identifia sans peine, c'était celle de Marie, depuis des années, tous les matins. La vue de l'ustensile renversé dans le bac lui redonna l'espoir qu'elle serait peut-être encore là, quelque part, tapie dans l'ombre comme une araignée attendant sa proie. Mais dans leur jeu, qui était qui ? Il secoua la tête. « *Tu dérailles, mon pauvre vieux. Vu ton comportement d'hier soir, il serait étonnant qu'elle soit restée.* » Maintenant un peu plus réveillé, il entreprit de faire son café. C'est au moment où il voulut ouvrir le vieux buffet pour prendre son bol qu'il vit le papier blanc plié et posé le long d'une volute élégante de la crédence qui séparait le haut et le bas du majestueux meuble ancien. Son geste, arrêté dans son élan, reprit sa course, mais ce n'était plus pour prendre un bon café. L'esprit à demi-présent, qui animait cette main, était en colère, insultait la fatalité, puait le dégoût de soi, criait contre l'injustice. Il avait formé ce poing qui frappait à présent sur le panneau de bois sculpté par un homme de talent disparu depuis longtemps.

« *Prendre un café, réfléchir, lire ce papier. Lire ce papier, réfléchir, prendre un café. Réfléchir…* »

84

Les pensées se bousculaient dans sa tête. L'anarchie régnait. Lui, si ordonné, avait osé mettre le bordel dans sa vie, c'était le chaos, il ne savait plus où il en était.

Assis devant son bol fumant, l'opération café lui avait prit un certain temps. En fait, le temps de prendre une décision de lire ou ne pas lire le foutu papier qu'il ne cessait de mater sur le plateau du vieux buffet. Après quelques gorgées du célèbre breuvage noir, sans doute sous l'effet de l'absorption de la caféine, Jacques eut le courage de prendre la feuille et la déplia précautionneusement sur la table.

Jacques,
Depuis hier soir, je ne te comprends plus, je ne me comprends plus moi-même.
Qu'est-ce qui nous a pris ? Pourquoi tout ceci ?
Je reste persuadée que rien n'est perdu. Ce n'est qu'un mauvais passage, que nous nous retrouverons ensemble, ici ou ailleurs. Je m'éloigne un peu, mais un mot de toi et je reviendrai.
Je t'aime toujours.
Marie

Jacques reposa la feuille manuscrite. « *Depuis hier soir ? Elle a donc passé la nuit ici… »* Il termina son café et entreprit de faire le tour de la maison. Les deux couvertures sur le canapé lui indiquèrent où elle avait dormi. Il fit un tour dans le dressing : des jeans avaient disparu ainsi que des slips en coton, un sac de voyage et divers effets typiquement féminins. L'ordinateur portable était absent de son bureau ainsi que quelques dossiers et papiers concernant son travail. Il ouvrit un tiroir du secrétaire et ne s'étonna pas de la découverte : carnets de chèques et carte bleue s'étaient envolés avec elle. La nouvelle ne tracassa pas Jacques : depuis des années, ils avaient chacun un compte bancaire où ils pouvaient agir à leur guise. En revanche, ce qui l'inquiéta le plus, c'était le lieu où elle avait pu se réfugier. Chez un homme ? L'éventualité ne lui parut pas évidente. Chez une de ses nombreuses copines ? Possible. Chez Matthieu ? Difficile, car leur appartement est peu spacieux et surtout, le courant avait parfois du mal à passer entre Fhella et Marie. La théorie du refuge chez une copine lui parut la plus plausible des solutions. Mais laquelle ? Marie avait emporté avec elle son agenda et son carnet d'adresses électroniques. Difficile de savoir où elle pourrait être et au cas où Marie reprendrait contact, elle n'avouerait jamais où elle se trouvait.

« *Peu importe ! Qu'elle aille au diable !* » Se surprit-il à prononcer à haute voix

Il alla s'habiller et estima qu'un peu de marche en ville lui ferait du bien.

Chapitre 12

Aurore rentra le soir, heureuse, amoureuse ; Bastien lui manquait déjà. Tout de suite, le silence dans la maison lui parut suspect. Elle posa son sac, câlina les chats et alla retrouver son père dans son bureau. Celui-ci, absorbé dans la lecture d'un rapport, sursauta quand sa fille parut dans l'encadrement de la porte.

— Bonsoir, papa, ça va ?

— Oui, et toi ? As-tu passé un bon week-end ?

Aurore pencha la tête d'un côté et de l'autre, l'air dubitatif.

— Dans l'ensemble, oui : les parents de Bastien sont vraiment très gentils pour moi. Il n'y a que sa grand-mère qui ne peut pas m'encadrer. Il paraît qu'elle est comme ça avec la plupart des gens. Bon, je vais préparer mes affaires pour demain.

Elle s'éloigna dans le couloir. Jacques en profita pour souffler un peu.

Aurore reparut dans l'embrasure de la porte.

— Au fait, où est maman ?

Jacques prit une forte inspiration avant de répondre, laconique.

— Elle est partie…

Stupeur d'Aurore qui eut un regard d'incrédulité.

— Comment ça partie ? Et où ?

Il tourna son fauteuil pour mieux voir sa fille, peu certain d'être convaincant.

— Elle a quitté la maison ce matin et emporté quelques affaires, je ne sais pas où elle est actuellement. Voilà !

Aurore se rapprocha de son père, l'humeur sombre.

— Papa, si c'est une blague, elle est vraiment mauvaise. Qu'est-ce qui se passe ici ?

— Tu savais que ta mère avait un amant ?

La colère d'Aurore retomba aussi vite qu'elle était montée.

— Ah ! C'est ça ! Oui et non, j'avais des doutes. J'ai surpris maman un soir dans la salle de bains, à la façon dont elle était sapée, elle ne revenait pas d'une soirée bridge au Rotary club.

— Et tu ne m'as rien dit !

Elle leva les bras au ciel.

— Qu'est-ce que tu veux que je dise ? Si maman a fait ça, il y a sûrement une raison, et de ton côté, c'est clean ou pas ?

Jacques essaya de ne pas être embarrassé, mais en vain.

— Je vois. T'es au courant de quelque chose ?

— Je sais seulement qu'elle s'appelle Barbara. Bravo, c'est du propre ! Une jeune, en plus !

— Barbara à quatre ans de moins que moi, ce n'est donc pas une jeunette comme tu insinues. De plus, je te demanderai à l'avenir de garder tes commentaires pour toi. Ta mère et moi, nous sommes assez grands pour savoir ce que nous faisons. C'est clair ?

Aurore haussa les épaules, se retourna vers la porte et lâcha :

— OK. C'est clair. De toute façon, dans deux mois, je pars à Paris rejoindre Bastien qui me propose de me loger dans l'appartement que ses parents lui ont payé. La fac de Nanterre veut bien de moi pour continuer mes études. Je ne serais plus là pour t'embarrasser.

Une idée vint à l'esprit de Jacques.

— Ta mère était au courant ?

— Oui, elle devait t'en parler, mais comme vous vous engueuliez tout le temps, elle a oublié.

Jacques s'était levé avec un certain effort, Aurore vint se réfugier dans ses bras.

— Je vous aime tous les deux, toi et maman, pourquoi vous avez fait ça ?

— Je ne sais pas, ma petite fille, je ne sais pas…

***

Le café était inhabituellement bondé pour un lundi soir. Les consommateurs fidèles avaient fait place aux amateurs de foot. Pour eux, c'était une soirée à ne pas manquer : L'Olympique de Marseille rencontrait leur meilleur ennemi, le Paris Saint-Germain. De ce fait, le patron avait investi dans un écran super géant et les fans des deux équipes, plus ou moins déchaînés selon leur niveau d'ingurgitation de bière, frites, pizzas et autres denrées accompagnatrices du monde footballistique, se donnaient rendez-vous immanquablement chez Gérard.

Marie, discrète, attendait dans un coin du bar. Si elle avait su, elle aurait changé de lieu de rendez-vous. La personne attendue ne répondant pas aux messages qu'elle envoyait, ni aux autres appels, elle s'était résolue à rester sur place. Dès son entrée, les regards en sous-entendus étaient vite arrivés, la présence d'une jolie femme blonde et élégante avait émoustillé certains mâles présents dans l'établissement. Marie n'était pas venue ici par hasard, elle connaissait le patron, la serveuse et quelques clients, géniteurs d'étudiants dans l'université où elle enseignait chaque jour, mais ce soir-là, le personnel n'était pas le même que d'habitude. Gérard, dit Gégé, avait engagé deux extra pour pallier l'affluence qui ne manquerait pas d'arriver comme à chaque soir de match important de la Ligue 1. Cela ne l'avait pas empêché de parler quelques instants avec elle, car celui-ci était intrigué de voir Marie, non pas en ce lieu, mais plutôt à cette heure-ci.

Les braillards du bar commençaient à être pas mal échauffés avant le début du match, deux, donc un très séduisant, avait tenté d'aborder Marie, mais elle avait repoussé, en souriant, leurs propositions de verre ou de discussion. Poliment, ils n'avaient pas insisté, l'alcool n'ayant pas encore anesthésié leur savoir-vivre. Gégé vaquait à ses affaires, flattant de temps en temps la croupe d'une des deux serveuses, celle-ci lui rendait un sourire doux à chaque fois. Elle était encore jeune, trente-cinq ans peut-être, la taille fine et le corsage bien garni, le tout auréolé de cheveux sombres éclairés par des yeux verts, une beauté.

« *Tiens,* pensa Marie, *Gégé s'est trouvé une nouvelle copine* »

Gérard décrocha un verre des pendants au-dessus du comptoir et se mit à le remplir d'un muscadet blanc d'une belle couleur ambrée. Son action faite, il abandonna le verre. Marie, intriguée devant la scène, avait cessé de s'ennuyer. Soudain, la porte s'ouvrit, une vieille entra, la gueule édentée, le cheveu gras et filasse, puant la sueur et le mauvais vin à deux mètres. Elle s'approcha du bar et se mit à gueuler « À boire ! ». Elle plongea sa main dans sa poche, en sortit un paquet de piécettes jaunes et jeta le tout sur le comptoir, prit le ballon de vin blanc, le but et reposa le verre dans un tonitruant : « Un autre ! » Gégé s'approcha, jeta un œil vague sur l'argent étalé sur le comptoir. Un autre verre fut servi qui prit le même chemin que le premier. Sitôt fait, la vieille s'en retourna vers la porte de sortie du bar. Un moment, elle s'arrêta, leva la tête et tourna son visage vers Marie qui s'aperçut maintenant de l'étonnant regard bleu sur cette face enlaidie par le temps et les vicissitudes de la misère sociale.

— Vous êtes belle, Madame, vraiment belle, mais malheureuse, je vous plains.

Marie ouvrit de grands yeux sur les paroles prononcées par la vieille. Elle voulut répondre quelque chose, mais la clocharde avait disparu dans un claquement de porte. Gégé apostropha Marie en riant.

— Ça alors ! Tu es vernie, Marie. Depuis cinq ans qu'elle vient ici, tu es la première cliente à qui elle adresse la parole.

— Qui est-ce ?

Gégé prit deux tasses de café sous la machine et les posa devant deux clients.

— Elle s'appelle Carmen, enfin, tout le monde l'appelle comme ça. Elle vient tous les jours, strictement à la même heure, boire un ballon de muscadet blanc. Attention, muscadet, pas autre chose, Sophie s'est trompée une fois, elle lui a envoyé le verre à la figure. Elle a toujours payé avec de la mitraille, il y a le compte à chaque fois, alors…

Le patron retourna à ses clients, le match allait commencer. La bière coulait à flots, tout le monde voulant son verre plein dès le coup d'envoi. Marie commençait à se demander si elle n'avait pas été oubliée. Un jeune couple entra, puis toute une bande de supporters d'un des deux protagonistes du match. Un jeune homme poussa la porte et la retint pour laisser entrer deux jeunes filles en bustier noir et minijupe de jeans sur un collant

90

foncé. Le portier improvisé laissa retomber le battant et se mit à regarder en tout sens dans la salle aux trois quarts remplis de personnes attendant le moment crucial. Marie reconnut tout de suite celui qu'elle attendait et fit des gestes avec ses bras pour attirer son attention. Celui-ci là vit enfin et la rejoignit en se frayant un passage à travers les téléspectateurs attentifs. Ils se prirent dans les bras de l'un et l'autre et restèrent quelques instants ainsi, Marie avait appuyé sa tête contre l'épaule du jeune homme et eut juste le temps de voir le regard furibard de l'homme qui l'avait abordé une heure auparavant, celui-ci replongea ses lèvres sur son verre de bière en soupirant, déçu. Ils s'installèrent à la table, souriant tous les deux, comme s'ils venaient de jouer un bon tour à l'assemblée. Marie commanda un autre Martini et une bière pour son invité.

— Alors, comment ça se passe chez ton amie ?

Marie haussa les épaules.

— Ça va, en fait, on se voit peu. À part elle, je ne voyais pas qui aurait pu m'héberger au pied levé.

— Que comptes-tu faire maintenant ?

Elle soupira, ce qui donna une idée de l'embarras de Marie.

— Je ne sais pas, Jacques n'a pas repris contact avec moi depuis que je suis partie.

Gégé apporta les consommations, serra la main du jeune homme et repartit vers son comptoir.

Ils restèrent un moment sans rien dire, le match venait de commencer.

— Tu peux rester ce soir avec moi, un peu ?

— Oui, oui, j'ai quartier libre, elle me fiche une paix royale ces temps-ci, elle n'angoisse plus.

— Qu'est-ce que tu veux que l'on fasse ?

Il se mit à sourire, prit la main de Marie et y déposa un doux baiser.

— On pourrait peut-être dîner chez Juang, non ?

— Oh oui, il y a une éternité que je n'ai pas mangé chinois, c'est d'accord, allons-y.

Ils quittèrent la table pour se diriger vers la caisse du bar. Au passage, l'homme qui avait tenté d'aborder Marie lâcha froidement : « Eh bien, y en a qui se gène pas » en toisant Marie de haut en bas. Celle-ci, entendant distinctement les propos, enlaça le jeune homme en lui donnant un baiser sur la joue, puis fixa l'importun.

— Vous avez raison, il est beau, mon fils, n'est-ce pas ?

L'insolent accoudé au bar plongea le nez dans son verre de bière et faillit s'étouffer. Gégé éclata de rire et fut reprit par quelques autres qui avaient compris, eux aussi, la signification des paroles de Marie. Ils sortirent rapidement du bar, voyant que l'ambiance s'était quelque peu échauffée par les tentatives d'excuses maladroites de l'humilié au comptoir.

— Bon, ça va, ça va, Gégé, il ne t'arrive jamais de te tromper ?

Dans la rue, ils n'entendirent pas la réponse, s'étant éloignés du bistrot. Ils pressèrent le pas : le patron chinois, à deux pas dans la rue, n'aimait pas trop les clients tardifs.

Plus tard, ils repassèrent devant le bistrot, fermé, puis retrouvèrent leurs voitures respectives.

— Tu sais, Maman, ne crois pas que je ne m'intéresse pas à ce qui vous arrive, j'ai toujours été plus proche de toi que de Papa, mais je m'inquiète pour Fhella, elle va commencer son quatrième mois de grossesse. J'aimerais que cela se passe bien, tu me comprends ?

— Oui, mon fils, je te comprends. Si tu avais vu la tête de ton père quand je lui ai dit que j'étais enceinte de toi, c'était comique. Nous étions aussi jeunes que toi.

Elle soupira sur un temps perdu qui ne reviendrait pas et se séparèrent rapidement. Elle prit la direction de la banlieue Est, tandis que Matthieu se dirigeait vers les quartiers résidentiels chics de l'ouest de la ville.

Chapitre 13

Aurore poussa la porte de la maison. Silence dans les lieux. Même les chats avaient déserté le nid. Suivie de Bastien, elle ouvrit les volets, rangea le peu de vaisselle sèche dans le lave-vaisselle, balaya sommairement la cuisine. Bastien, intimidé par l'endroit, s'intéressait plutôt au contenu de l'immense bibliothèque. Les petites opérations ménagères effectuées, ils montèrent dans la chambre d'Aurore.

— C'est super beau, chez toi. Mes parents, à côté, c'est des ploucs !

— Bastien ! Je t'interdis de parler de tes parents ainsi. Ce sont des gens adorables et ils sont encore ensemble, eux !

— Ouais, tu as raison, mais avoue que ma mère, il faut se la farcir, tandis que la tienne...

Il eut une moue gourmande.

— Ben voyons, encore un peu et tu draguerais ma mère !

— Mais non, c'est toi que j'aime, mon Aurore, fit-il, en tendant ses lèvres.

Leur baiser dura longtemps. Émoustillé, Bastien faillit la renverser sur le lit pour un moment câlin. Elle, pas folle et consciente qu'il ne fallait pas perdre de temps, calma les ardeurs de son amoureux.

— Bon, ce n'est pas le tout, il nous faut faire mes valises. Mon père est au travail, mais il pourrait rentrer à l'improviste. Je ne tiens pas à le rencontrer quand on partira. Je ne le supporte plus.

— Bien, alors au boulot, fit Bastien, en empoignant une pile de petites culottes en coton.

***

93

Jacques reposa les épais dossiers qu'il avait apportés lui-même à la réunion commerciale. Le moment avait été houleux. Comme sujet principal, il y avait eu ce problème de conditionnement où dix mille micros aérosol d'une nouvelle génération s'étaient révélés défectueux. Le client menaçait clairement de dénoncer le contrat de fourniture si la société de Jacques ne réglait pas le problème dans les plus brefs délais. L'affaire était partie d'un événement anodin, sur une ligne de production dans le remplissage d'aérosols déodorants, quelques flacons avaient fui après leurs mises en conditionnement en carton. Cela avait légitimement provoqué des inquiétudes sur la sécurité de ce nouveau matériau sans métal oxydant pour les parfums. Dûment vérifiée, la pression interne des flacons s'était révélée correcte, mais quelques bombes présentaient des micros fuites au niveau du sertissage de la collerette du porte-diffuseur. C'en était trop pour le client, de nature difficile, celui-ci avait arrêté la chaîne avec les pertes de production qui en découlaient. Après le déjeuner, il décida de mener son enquête.

Les lignes de fabrication des flacons destinés au grand public se trouvaient dans un bâtiment neuf spécialement aménagé pour recevoir une nouvelle machine extrêmement complexe et coûteuse, mais d'un rendement exceptionnel. Étalée sur trente mètres de long et cinq de large, cette machine entièrement automatique pouvait fabriquer mille flacons en plastique à l'heure ainsi qu'autant de collerettes porte-diffuseur. Jacques avait réussi à décider la direction pour l'achat de cette machine unique qui les propulserait au top de la production d'emballages plastiques.

« *Trois millions d'Euros ?* avait dit le PDG en frappant du poing sur la table. *C'est un risque énorme pour l'entreprise, y avez-vous songé, Jacques ?* »

Jacques y avait songé. Le seul argument qu'il avait en poche, était que s'ils achetaient cette machine, la concurrence pouvait toujours aller se brosser pour être à leur niveau de coût de production. Quand on parle argent avec les grands capitaines d'entreprise, il est des flèches qui vont droit dans le mille. Affirmer, preuves à l'appui, que l'on va devenir le premier, toutes catégories confondues, en était une, totalement imparable. Un mois plus tard, la machine sortait son

94

premier emballage. Jacques, malgré ses soucis, s'était fait un point d'honneur à ce que cette machine fonctionne à merveille. Discrètement, il avait pris des cours d'automatisme et de robotique avancée. Le problème rencontré par le client l'avait énervé, car connaissant maintenant le déroulement de la production, il pouvait y avoir trois causes à ce dysfonctionnement : mauvais outillage, mauvais contrôles, sabotage délibéré. Tout en marchant d'un bon pas, il balaya le troisième paramètre. L'équipe d'opérateurs était connue pour son sérieux et son professionnalisme. Restait le premier et le plus inquiétant. Si au bout de quelques semaines de production, l'outillage présentait des défauts, cela remettrait en cause l'amortissement de l'outil de production et tout le processus par-dessus le marché.

Jacques pénétra dans le hall désert. Un engin de manutention avec une palette filmée trônait superbement au milieu du couloir. La machine ronronnait doucement. La fabrication, automatisée, semblait se dérouler au mieux. Une palette filmée passa sur des rouleaux et alla rejoindre ses sœurs sur le quai d'attente avant d'être emmenée au stockage d'expédition. Jacques appela quelqu'un, aucune réponse. Il remarqua qu'il n'y avait personne au pupitre de commande et la cabine centrale était déserte également. Bien qu'il n'y soit venu qu'une seule fois, Jacques était certain que les consignes étaient qu'il devait y avoir au moins trois opérateurs en permanence autour de la machine. Où pouvaient-ils donc être ?

Il se souvint tout d'un coup qu'un petit bureau avait été aménagé avec tout le confort nécessaire, machine à café, four micro-ondes et ordinateur sur un bureau de travail pour le responsable de ligne. Se remémorant les lieux, Jacques fit le tour de la machine, passa contre les silos de billes plastiques, matière première du moulage, longea le couloir menant aux WC et arriva à la porte du fameux bureau. La porte en était entrouverte, des rires fusaient, parfois des sifflements d'admiration. Un doute commençait à naître dans son esprit. En avoir le cœur net était la chose la plus urgente du moment. Rasant le mur, il s'approcha au plus près de la porte, puis fonça vers celle-ci, l'ouvrant violemment d'un coup de pied. Le spectacle qu'il découvrit le laissa coi. Sur l'écran de l'ordinateur se déroulait un film porno où une femme d'un certain âge copulait avec deux hommes à la fois. Le moment de surprise passé, il engueula vertement les coupables et promit un avenir sombre au chef d'équipe si un tel comportement se renouvelait à l'avenir. Certain d'avoir été compris, il entreprit de vérifier la conformité des produits. Le constat fut rapide, la machine n'était pas en cause, alors, que s'était-il donc passé ?

La réponse vint au soir, au bout de recherches minutieuses. Le facteur chance avait aussi joué un rôle important dans la résolution de l'affaire.

Sans en référer à son supérieur, Jacques avait pris contact avec le client mécontent. Les premières paroles furent tendues, mais à mesure que l'entretien se prolongeait, il sentit son client se détendre, au fond, presque heureux d'avoir un interlocuteur important pour s'occuper de son problème. Sur une question précise de Jacques, le client répondit affirmativement. Satisfait, il demanda à son interlocuteur de procéder selon des consignes qu'il allait recevoir par mail et surtout de rester discret sur tout ceci. De plus, Jacques l'informa qu'il allait recevoir sous deux jours une nouvelle livraison de flacons, conformes cette fois-ci.

Deux jours plus tard, Jacques avait successivement sur son bureau : un flacon plastique déformé, des tickets de contrôles posés par l'opérateur contrôleur en fin de chaîne et un rapport d'incident dûment signé par le client. Il avait maintenant la preuve que quelqu'un se payait sa tête depuis un bon moment.

La réunion eut lieu dans le bureau de Jacques, avec le personnel concerné le jour de l'incident. Malgré la présence du Président, Jacques fut extrêmement sévère à l'égard des employés qui scrutaient passionnément leurs chaussures pendant son discours incendiaire. Il menaça qu'il pourrait y avoir des sanctions lourdes, envisagea des licenciements, puis il congédia l'équipe dès que le Président eut prononcé quelques mots en guise de conclusion.

Maintenant seuls dans le bureau, le Président estima qu'il pouvait parler librement.

— Tu ne trouves pas que tu y as été un peu fort, tout de même ?

96

— Non, je ne crois pas. Le petit gros, François Plault, c'est un représentant syndical, il me déteste, car j'ai eu le malheur de dire du mal de son organisation. J'ai bien le droit de ne pas aimer la CGT, non ? Et aussi, vu que j'avais la preuve de sa tentative de sabotage, j'aurai pu le muter dans une autre unité de production, note que je ne l'ai pas fait.

— Certes, Jacques, mais tu aurais pu être un peu plus diplomate. Et toi, dans ta vie, ça va mieux ?

— Ma femme m'a quitté, ma fille s'apprête à en faire autant, comme tu le vois, tout va bien.

— En effet, tout va bien. Tu as quelque chose de prévu ce soir ?

Jacques, surpris, réfléchit quelques instants.

— Non, pourquoi ?

— Ma femme est partie chez sa mère depuis huit jours, viens dîner à la maison. Maria fait très bien la cuisine.

— Maria ?

— Oui, notre cuisinière portugaise. Avec elle, les acras de morue sont divins.

— Je me doute. Bon, c'est d'accord.

***

Le repas fut somptueux. Le Président, aimait recevoir et ne manquait aucune occasion d'inviter chez lui cadres et managers divers, c'était pour lui une manière de prendre le pouls de la société. La bonne cuisine, vin fin et ambiance feutrée permettaient parfois de faire sortir du bois des secrets ou des événements cachés à la Direction. Ce soir-là, Jacques fut extrêmement prudent, l'incident avec la secrétaire étant sûrement encore dans l'esprit du dirigeant, il craignit par-dessus tout des questions embarrassantes sur son changement d'humeur depuis quelques semaines, mais rien de fâcheux ne se passa. La conversation fut essentiellement axée sur le travail. Entre la poire et le fromage, le Président proposa à Jacques de prendre la direction du groupe dans un délai plus ou moins bref, car il se sentait fatigué, l'âge était là, impitoyable. Jacques, déstabilisé, ne répondit pas tout de suite, une telle proposition n'avait pas été prévue dans ses projets, une éviction de l'entreprise lui aurait plutôt convenu, il décida d'être ferme.

— Non, je suis désolé, mais ce sera non.

Le Président resta sans réaction.

— Pourquoi ? fit-il, posément, au bout d'un moment.

L'embarras de la question fit hésiter Jacques, il savait que plus il tarderait à répondre, plus cet embarras serait pris pour une raison impérieuse, grave. Il fallait lui répondre. Les secondes passaient, interminables pour le Président, fugaces et insaisissables comme la poudre ocre d'un sablier pour Jacques. Il ne paniquait pas, il voulait être convaincant. Dire la vérité, pas question. Mentir, la solution s'offrait, mais serait-elle à la hauteur de l'enjeu ?

— Je vais quitter la région dans quelque temps. Une autre vie m'attend ailleurs.

Le président parut soulagé.

— Ah ! Nous y voilà. Je comprends mieux maintenant. Pourquoi tu ne me l'as pas dit plus tôt ? Refaire sa vie à cinquante ans n'est pas un drame. Ce qui me chagrine, c'est que tu quittes la société. Avec ton savoir-faire, tu es un rouage essentiel chez nous. Si je t'augmente, tu restes ?

— Non, ma décision est déjà prise.

Vaincu, le Président tenta tout de même un dernier coup.

— Et tu crois que cela va marcher avec ton nouvel employeur ?

Jacques resta dans le vague, trop de sûreté aurait paru suspect.

— Je le pense. Pour te rassurer, je vais dans un secteur non concurrentiel.

Le Président appela sa cuisinière, celle-ci se présenta aussitôt.

— Oui, Monsieur ?

— Maria, apportez-nous du champagne, Moët et Chandon, cuvée spéciale, s'il vous plaît.

La jolie soubrette s'inclina.

— Bien, Monsieur.

Elle disparut vers l'office. Jacques avait suivi des yeux l'ondulation du bassin et la taille serrée dans une jupe noire moulante, terriblement séduisante.

98

— Charmante, prononça-t-il doucement.

— N'est-ce pas ? répondit en écho le Président. Maria est à notre service depuis presque vingt ans. Aucun reproche à faire, même le plus minime.

— Elle est belle, ta femme ne s'en est jamais inquiétée ?

Le Président se mit à sourire devant l'allusion déguisée.

— Bien entendu, je n'y ai pas résisté très longtemps. Après son accident de ski, Ève a été absente de la maison pendant plus de six mois. J'étais, comme on dit, dans la force de l'âge et elle, toute jeune. J'ai essayé et j'ai échoué. D'une manière très polie, elle m'a expliqué qu'elle n'aimait pas les hommes.

Jacques sentit qu'il avait gaffé.

— Oh ! Excuse-moi de t'avoir fait évoquer cet épisode très personnel. Je n'aurais peut-être pas dû savoir cela.

— Si je te l'ai dit, c'est que j'ai une totale confiance en toi, sinon, je ne t'aurai pas proposé la direction du groupe.

Jacques remercia à nouveau son Président, et pour le rassurer, il lui avoua qu'il allait tout de même réfléchir sur la proposition. Maria apporta le champagne, avec deux coupes sur le plateau.

— Et vous, Maria, voulez-vous porter un toast avec nous pour la future réussite de mon invité ?

La jeune femme eut une moue embarrassée.

— Monsieur, je ne sais si je peux me permettre…

— Taratata. Pas de manières chez nous, allez vous chercher une coupe.

Elle revint, rouge d'émotion. Pendant qu'ils portaient le toast, Jacques pressentit que des temps pénibles allaient arriver rapidement. Pour le moment présent, il considérait avec un certain plaisir la plastique de Maria devant lui. Elle avait des cheveux mi-longs et les yeux d'une noirceur insondable, un rouge à lèvres qui agrandissait sa bouche d'une façon sensuelle et presque provocante. La finesse de sa taille sublimait la douce rondeur de ses hanches. Jacques envia son éventuelle amante.

***

De retour chez lui, Jacques ne put que constater qu'Aurore avait vidé les lieux. Il se retrouvait donc seul et maître à bord dans la maison. Nitro et Glycérine semblaient s'accrocher au logis, pour eux, ici était leur domaine, avec un petit changement tout de même. Les félins, rois du quartier, avaient remarqué qu'à côté de leur seconde maison où ils passaient leur vie sur un majestueux canapé, il y avait du mouvement dans la petite habitation au fond du parc. Quand le calme se fit, les deux intrépides osèrent s'aventurer jusqu'à la porte de la maison. Nitro, témérairement, entra doucement, flaira l'air et ne constatant aucune odeur suspecte, s'avança au milieu de la pièce. Deux pieds en pantoufles s'avancèrent vers lui, puis stoppèrent.

— Mais, qui tu es toi ? Fit une voix douce et féminine.

Le chat, rassuré, fit des ronds de jambe autour du jeans appartenant à la maîtresse des lieux. Celle-ci, la soixantaine encore séduisante, se pencha sans peine et prit le chat à son cou, celui-ci ne demandait pas mieux.

— Oh, toi, tu n'es pas un chat abandonné, tu es trop beau.

Elle gratta le menton du félin, celui-ci se mit à ronronner, tout en posant sa tête contre la poitrine de cette femme, décidément, accueillante pour la gent féline. Ne sentant aucun danger aux environs, Glycérine décida de montrer le bout noir de son nez.

— En voilà un deuxième ! Je te connais, toi, je t'ai déjà vu, sur le mur.

La chatte, à petits pas prudents, scrutant partout, approcha et se laissa caresser.

— Vous avez sûrement soif, les loulous, il doit me rester du lait au frigo.

Nitro descendit de son perchoir, flaira Glycérine et posa son derrière comme elle, en attendant que ça arrive. Ils étaient tous les deux satisfaits, une nouvelle maison était à explorer.

***

Pendant ce temps, Jacques, assis à son bureau, ouvrait son agenda et composait un numéro inscrit sur le carnet. Il allait abandonner lorsque son interlocuteur décrocha.

— Cabinet de cancérologie, bonjour, que puis-je pour vous ?

— C'est pour un rendez-vous, le plus tôt possible.

— Avec le docteur d'Alembert ?

— Oui, c'est cela.

Il y eut un silence, le tapotis des touches sur un clavier parvint jusqu'à lui. Au bout d'une minute, la secrétaire se manifesta.

— Le 27 juin, à quatorze heures, cela vous ira ?

— Oui, ça ira.

Il donna son nom et raccrocha aussitôt qu'elle eut dit merci.

Chapitre 14

Jacques reposa le journal *Closer* sur la table basse du salon d'attente du cabinet de son cancérologue. Contrairement à la première fois, il savait ce qu'allait dire l'homme de l'art. Bien des choses avaient changé depuis l'annonce de son cancer, trois mois auparavant. Il avait maigri, puis repris du poids. Comme il ne se rasait plus que tous les trois ou quatre jours, sa présentation était moins soignée, sauf au travail, contact avec les clients oblige. Il ne regardait plus le monde de la même manière qu'autrefois depuis que Marie et Aurore étaient parties, aussi, la solitude s'était installée dans son entourage. Au bureau, le travail de sape qu'il avait effectué dans le but de se faire détester avait été un demi-échec. La proposition d'être président du groupe en était la preuve certaine. Malin et rusé, le vieux président avait senti qu'un des meilleurs éléments de son entreprise lui échappait. Il en connaissait la raison, mais celle-ci ne lui convenait pas : « *Ce n'est pas logique* » avait-il dit à un très proche collaborateur. Sans qu'il s'en aperçoive, Jacques était passé de manager génial promis à un avenir brillant à collaborateur *has been*, désormais assis sur un siège éjectable avec la gâchette limée. Il consulta son portable : son rendez-vous avait un quart d'heure de retard. La secrétaire, jolie rousse aux yeux verts irisés de bleu, se tourna vers lui.

— Le docteur ne devrait pas être long à arriver, fit-elle, l'air gêné.

Jacques en convint par un mouvement de la tête avant de se replonger dans un nouveau magazine à scandales vieux de trois semaines. La porte s'ouvrit quelques minutes plus tard et entra une superbe créature blonde vêtue d'une robe noire droite, chaussée de bottes en daim à talons hauts. Celle-ci prononça doucement quelques mots avec la secrétaire et vint s'asseoir non loin de Jacques. À peine installée, elle fouilla dans son sac à main Hermès, retrouva son portable, pianota un moment, puis remis l'appareil d'où il venait. Un couple de personnes âgées entra, suivi d'une ado, casque d'iPod vissé sur la tête. Devant les personnes en attente, la secrétaire commençait à paniquer quand la porte du cabinet s'ouvrit un peu brutalement. Le docteur entra, salua rapidement tout le monde, avant d'entrer en trombe dans son bureau pour en ressortir avec une pile de dossiers qu'il donna à la femme blonde en bottes. Sans rien dire, elle regarda une liste et se dirigea vers la sortie et jeta un dernier regard froid vers le docteur. Celui-ci murmura un « *Bon, hé bien à ce soir, chérie,* » timide et maladroit. La porte d'entrée claqua. Au milieu de sa salle d'attente, le docteur avait perdu de sa superbe, ses patients venaient d'entrevoir l'enfer qu'il vivait depuis quinze ans, marié à une femme sublime, mais froide comme le vent de la toundra russe en hiver.

— M. Riché, c'est à vous.

Un petit sourire narquois aux lèvres, Jacques entra dans le cabinet suivi du maître des lieux. À peine assis, le praticien tenta de se justifier sur son retard.

— Ah, les femmes, elles nous font toujours tourner en bourrique ! Vous êtes marié, vous, il me semble…

Jacques comprit soudainement le drame qui s'était joué en deux actes dans la salle d'attente. Premier acte : arrivée de Madame, Monsieur est absent, cela n'était pas prévu. Deuxième acte : arrivée de Monsieur qui constate que Madame est là. Madame s'occupant de l'administratif du cabinet, Monsieur lui remet les dossiers qu'elle traitera chez elle. Final : retrouvailles glaciales au dîner. « *Conclusion, les amants déjeunent et les couples dînent.* » Il s'imagina celle qui remplaçait Madame pour les ébats sur l'oreiller ou ailleurs. Trente ans, taille moyenne, brune, parfaite physiquement, amoureuse de l'amour, bref, LA femme qu'il aurait dû épouser des années auparavant.

— J'étais, docteur, ma femme m'a quitté il y a deux mois, ainsi que ma fille, partie vivre à Paris avec son petit ami.

Le cancérologue ouvrit un dossier posé devant lui.

— Se retrouver seul dans votre situation n'est pas un avantage, que s'est-il passé ?

— Ma femme a trouvé mieux que moi, ma fille est amoureuse, elle a suivi celui qu'elle aime.

Il y eut quelques secondes de silence dans le bureau, au loin, une porte se referma, un téléphone manifesta sa présence.

— Selon vos derniers examens, la maladie semble avoir ralenti son rythme. Pourquoi ? Je ne saurais vous répondre. Comment vous sentez-vous au jour d'aujourd'hui ?

— Mes journées de travail me fatiguent plus qu'avant, et aussi, depuis quelque temps, j'ai souvent soif. Je bois entre deux litres et trois litres d'eau minérale par jour. C'était beaucoup moins, avant.

Plongé dans le dossier de Jacques, le praticien approuva en bougeant légèrement la tête.

— Il va falloir que vous envisagiez de réduire votre rythme de travail, voire de vous arrêter de travailler. Votre employeur est au courant ?

— Non, pas encore.

— Dans votre intérêt, faites-le. Je vais vous prescrire des antalgiques. C'est une nouvelle génération de médicaments, ils sont très puissants, respectez bien la posologie. En cas de douleurs violentes, prenez-en un immédiatement puis un autre deux heures après. Est-ce que je me suis bien fait comprendre ?

— Bien entendu, docteur, mais si je suis venu vous voir, c'est que j'aimerais savoir quels sont les facteurs qui ont déclenché ce cancer.

Le cancérologue eut un soupir d'impuissance.

— Dans votre cas, nous pouvons éliminer l'alcool et le tabac. Vous avez une hygiène de vie correcte, pas de surpoids. Il nous reste la probabilité que vous ayez été en contact avec des produits chimiques cancérigènes ou vous avez subi des périodes de stress intenses et prolongées. Je vous laisse seul juge pour cet aspect-là. En ce qui concerne une éventuelle intervention chirurgicale, je vous rappelle qu'il est encore temps. Cela ne vous guérira pas, mais pourrait vous aider à moins souffrir à l'avenir.

— Désolé de vous contredire, docteur, mais je pense qu'il est déjà trop tard et de toute façon, les patients dans mon cas ne survivent pas au-delà de cinq ans, c'est cela, n'est-ce pas ?

— Je ne tenterai même pas de vous le cacher. Ce que vous dites est exact.

Le voyant refermer le dossier, Jacques comprit que la consultation était terminée. Son cas n'intéressait plus le cancérologue. Un autre dossier allait s'ouvrir, un autre destin, étrangement semblable au sien. Tout de même, en se séparant sur le pas de la porte du cabinet, le praticien demanda à Jacques qu'il revienne dans un mois, pour faire le point. Jacques, sur le coup, avait acquiescé, mais finalement, dans la rue, il pensa qu'il ne reviendrait plus ici, son sort était scellé, remuer le couteau dans la plaie n'était pas son occupation favorite. Avant de rejoindre sa voiture dans le parking souterrain, il passa dans une pharmacie. La jeune préparatrice resta un moment perplexe dans l'ordonnance remise par Jacques, finalement, elle appela sa patronne. Celle-ci, nettement moins charmante que son employée, eut aussi un moment de réflexion.

— Quelque chose ne va pas ? demanda-t-il, inquiet

— Non, tout va bien, mais il s'agit d'un médicament nouveau, nous ne l'avons pas ici, mais pour demain matin, c'est possible.

Jacques accepta et précisa qu'il passerait le chercher en fin de journée.

Son client parti, l'employée demanda à sa patronne ce que ce produit avait de particulier.

— C'est un calmant opiacé pour les cancers en phase terminale.

**

Jacques consulta distraitement son courrier, jeta négligemment celui de Marie dans une panière qui, jour après

106

jour, se remplissait doucement. Demain, il irait porter ces missives à l'adresse qu'elle lui avait indiquée dans un sms impersonnel et glacial. La première fois qu'il avait déposé du courrier au pied de cette barre HLM morne et triste, il avait été tenté de savoir si Marie s'y cachait ou s'il ne s'agissait que d'une boîte aux lettres de complaisance, Marie récupérant ses lettres auprès du titulaire de la boîte. Soudain, à peine rentrés, Nitro et Glycérine réclamèrent bruyamment leur dû. Quand ceux-ci furent satisfaits, Jacques fit un passage rapide à la douche et alla se coucher. Contrairement à son idée première, le sommeil ne vint pas tout de suite. Seul dans le noir, il avait loisir à laisser vagabonder son esprit, oscillant entre le présent et le passé. Se rappelant les paroles du cancérologue, il rechercha dans ses souvenirs ses plus grands moments de stress, sans succès, puis il essaya de retrouver ce lieu où il avait travaillé pendant quelques mois, cette usine chimique dans le Nord, fabricant des produits ménagers en poudre.

N'arrivant pas à ce qu'il voulait, Jacques se leva, nu comme un ver, alla dans la cuisine et se versa un verre de whisky. Cinq verres plus tard, il jeta la bouteille vide dans la poubelle. En titubant, il tenta d'en chercher une autre. En vain. Il revint près du canapé et s'y écroula lourdement.

En ouvrant un œil, il ne sut distinguer si c'était le jour ou le froid qu'il l'avait réveillé. Constatant sa tenue, il battit en retraite vers sa chambre non sans s'être cogné à tous les coins de murs. Trois heures plus tard, l'émergence de sa conscience n'était pas encore totale, une chose le tracassait, il voulait que le brouillard épais qui s'était installé dans sa tête se dissipe pour y voir plus clair. La bouche pâteuse et la voix caverneuse, il appela le bureau pour dire qu'il ne serait pas présent aujourd'hui. Ce fut dans l'après-midi qu'il parvint à rassembler le puzzle de souvenirs dans son crâne. Dans les vapeurs alcooliques de la nuit, d'autres événements lui étaient revenus en mémoire, plus anciens que ceux de l'usine du Nord, les faits en étaient autrement plus graves.

Rapidement, les images se firent de plus en plus nettes dans sa mémoire.

Ces souvenirs épars rendirent Jacques nostalgique du passé. Qu'étaient donc devenus Éliane, Didier, Arsène et les autres ? Des pères de famille pour certains, un paisible retraité pour un autre. Des gens sans importance, anonymes, invisibles. Soudainement, il lui vint une idée, demain, il irait rendre visite à un vieil ami.

***

Marie tapa le code sur la porte d'entrée de l'immeuble. Le digicode refusa la manœuvre. Elle réitéra son opération, nouveau refus. Elle allait recommencer quand se présenta une femme sans âge, vêtue d'une longue tunique noire et porteuse d'un foulard de couleur semblable.

— Bonsoir, Madame, fit-elle. Vous n'y arrivez pas ?

Marie, surprise, se retourna.

— Je ne comprends pas, j'ai fait le code deux fois, ça ne fonctionne pas.

La mouquère eut un sourire ironique.

— C'est normal, Madame, ils ont changé les codes ce matin, vous n'êtes pas au courant ?

Marie s'en souvint tout à coup : sa logeuse lui en avait parlé, Marie avait bien noté le nouveau code sur un bout de papier, mais elle l'avait oublié depuis.

— Suis-je bête, vous avez raison, fit-elle en sortant le fameux papier du fond de son sac Vuitton.

Les femmes entrèrent et se quittèrent sur un « bonsoir » l'une restant au rez-de-chaussée, l'autre montant au quatrième étage de cette tour construite dans les années quatre-vingt. Une fois la porte refermée, Marie fonça sous la douche, le dos endolori par les chaises inconfortables du lycée où elle effectuait le remplacement d'une collègue souffrante.

En dessous chics noirs, elle se regarda longuement dans le grand miroir de la salle de bains encombrée de chaises recouvertes d'habits n'ayant servis qu'un jour, témoins d'un monde où Marie n'irait jamais, secrets dérisoires, mais ô combien précieux pour sa logeuse du moment. La glace,

108

impitoyable, renvoyait une image que Marie aurait aimée différente. Elle voulait bien vieillir, mais pas seule. Elle acceptait de se faner, mais accompagnée, elle voulait bien mourir, mais pas pour rien. Avec ses mains, elle ramena ses cheveux en arrière, se trouvant laide, elle les lâcha brusquement. Depuis quelque temps, elle négligeait sa coiffure, son maquillage, son attitude, elle ne voulait plus être belle pour personne. Le regard des hommes glissait sur elle, ses rondeurs, féminines et discrètes, n'étaient plus une accroche pour ces Messieurs, plus intéressés par les artifices de séductions arborés par des jeunettes aux soutiens-gorge push-up et leggings ultra-moulants ne laissant plus de place, ni à l'imagination et pas plus à la découverte. Marie sentait bien qu'avoir cinquante ans passés signifiait la fin d'une époque, le début d'une autre, moins flamboyante, plus sage peut-être, ennuyeuse probablement, dégradante, assurément.

Elle termina de se déshabiller et entra dans la vaste cabine de douche à l'italienne, suprême et unique luxe dans l'appartement tout entier. Marie régla le robinet thermostatique à sa température idéale et se laissa aller au flux liquide apaisant son dos endolori. Elle avait toujours aimé les spas, les bains douches publics, la piscine et les jeux d'eaux. Avec Jacques, ils avaient fait un voyage en Italie et sur le retour, avaient découvert une petite ville appelée Formaninio, située près de Gènes. Cette petite bourgade tranquille accueillait la bonne bourgeoisie génoise dans un ensemble aquatique et un parc de loisirs idéalement bien conçu. Jacques et Marie s'y arrêtèrent le temps d'une escale de repos. Marie profita de tous les jeux, nagea tout son saoul dans des bassins immenses et ils se retrouvèrent dans un sauna discret où ils firent l'amour longuement, la chaleur du lieu décuplant leurs désirs et leurs sens. Marie, découvrant qu'elle était enceinte quelques semaines plus tard, avait toujours pensé qu'Aurore avait été conçue lors de ce séjour et plus particulièrement durant ce moment de bonheur intense. Ces souvenirs réveillèrent en elle des désirs, des envies. Très encline à l'amour, la présence de l'eau avait toujours augmenté cette réceptivité aux plaisirs des sens qu'elle avait en elle. Presque inconsciemment, elle caressa ses seins, ses fesses, son sexe, le passage de ses mains sur son corps l'excitait énormément. Elle ferma ses yeux, la tête renversée en arrière, elle rêvait de son amant de passage, de ses lèvres sur les siennes, celles cachées et intimes, d'un plaisir montant, irrésistible. Marie était au bord de la jouissance : elle le ressentait, maintenant, ce plaisir, cette caresse buccale douce à l'infini. Elle ouvrit les yeux, la sensation était toujours là, des vrilles de plaisir montaient en intensité, elle eut la force de relever la tête, puis là pencha, ce qu'elle vit là sidéra. Une tête brune, des épaules fines, un début de poitrine, deux mains lui caressant les hanches et un visage enfoui dans son entre-jambes, une bouche collée à son sexe.

— Maria ! Mais que fais-tu là ?

Marie n'entendit pas la réponse de la brune, car un orgasme propulsa ses sens au-delà de la réalité physique du moment.

Plus tard, dans le silence de la ville endormie, au milieu d'une tour des années quatre-vingt, dans une chambre aux papiers peints vieillots, près d'une fenêtre sans rideaux, dans un lit douillet, deux femmes se découvrent, s'aiment, se rendorment puis se réveillent et s'aiment à nouveau.

L'une demanda si elle avait déjà fait l'amour avec une femme : « *Non* » répondit l'autre. « *Et toi, tu n'as connu que des femmes ?* » La brune resta pensive un instant. « *J'ai été très amoureuse d'un homme, très beau et gentil pour moi. J'étais jeune et pleine d'illusions, mais cela n'a pas été possible avec lui. L'été suivant, en colonie de vacances, une fille plus âgée que moi m'a initiée à l'amour entre filles, depuis, je suis comme cela* » Marie demanda pourquoi cela n'avait pas été possible avec cet homme. La brune resta encore plus longtemps pensive, puis lâcha :

— Il était prêtre.

***

Marie marchait lentement à présent dans la rue qui l'emmenait vers une destination autrefois bénie et désormais redoutée. Le petit bruit des clés tournant dans sa main ne la rassurait pas. Tout en repensant à sa conversation avec celle qui était maintenant son amante, elle avait encore du mal à se faire à cette idée qu'elle pouvait aussi bien aimer une femme qu'un homme. Adolescente, elle avait eu des avances explicites de certaines de ses copines, mais avait refusé poliment tandis que d'autres allaient rejoindre celles-ci dans les douches de l'internat, c'est en pleine maturité et par accident qu'elle en avait fait la découverte. Dans la salle de bains, s'offusquer, s'effrayer, s'enfuir ne lui était pas venu à l'esprit, doucement, elle s'était laissée glisser dans la volupté des bras de Maria jusque dans son lit. Avec le recul du temps, Marie comprenait maintenant pourquoi son amie avait accepté de l'héberger ; « *Tout le temps qu'il faudra* » avait-elle dit dans un sourire charmant. Les discrètes caresses sur ses hanches, ses bises sensuelles tout près de la bouche, leurs mains enlacées parfois, tout cela s'expliquait maintenant, Maria était tombée amoureuse de Marie dès que celle-ci avait franchi la porte de son appartement. La veille au soir, après l'amour, avant le sommeil, elles avaient parlé longuement, puis le dialogue s'était tari, ce fut le silence, dans le noir. Maria, collée contre Marie, laissait vagabonder sa main sur le corps de son amante. Quittant les seins, le ventre fut effleuré, le mont de vénus exploré puis la forêt pubienne blonde visitée. La main remonta pour un circuit inverse pour un plaisir à chaque fois renouvelé.

— Tu devrais retourner chez toi, Marie.

Celle-ci sursauta devant l'improbabilité du propos.

— Comment ? C'est vraiment toi qui me dis cela ?

— Oui, mon amour, tu devrais retourner chez toi pour voir ce qui s'y passe, tu as les clés, il me semble.

Marie poussa un long soupir de soulagement.

— Ah, c'est pour ça. Pourquoi pas ? J'y pensais depuis quelques jours, c'est drôle.

— Alors, fais-le, fit Maria avant de se hisser sur le corps de Marie et de coller goulûment ses lèvres sur celles de son fol amour qu'elle avait toujours espéré.

De cette nuit-là, Marie y songeait. Elle s'arrêta à une terrasse de café, commanda un Vittel citron. Après avoir laissé quelques pièces de monnaie sur la table ronde en formica rouge sang, elle reprit son chemin. Une fois devant la porte,

111

elle hésita. « *Et s'il était là ? Impossible, à cette heure-ci, il est au bureau. Et s'il y avait une autre femme derrière cette porte ? Pourquoi pas cette Barbara ?* » Ces éventualités faisaient trembler sa main quand elle engagea sa clé dans le barillet. Après deux tours de clé, la porte s'ouvrit. Une fois entrée, elle referma la porte tout doucement puis attendit une minute. Le silence total dans la maison laissait présager qu'il n'y avait personne.

Dans le vestibule, elle constata que ses chaussures avaient disparu. Elle s'avança doucement, s'attendant à trouver du changement dans les lieux. Arrivée au milieu du grand salon, elle resta immobile, estomaquée, rien n'avait changé, pas un bibelot, pas un meuble, le dernier livre qu'elle avait lu, était encore posé à plat sur le bord de la bibliothèque. Elle passa ses doigts sur les meubles : pas de poussière. Dans la cuisine, pas de vaisselle en attente, le réfrigérateur était plein, des produits récents et frais s'étalaient sur les grilles. Marie chercha ce qui pouvait clocher dans cet univers aseptisé. Jacques n'avait jamais été un féru du ménage. Quand elle avait accouché des enfants, il avait déployé des trésors d'astuces pour se simplifier la vie à l'extrême. Mais dans le cas présent, la maison était propre comme un sou neuf, comme si c'était elle qui avait œuvré ici. Dans la chambre, elle remarqua que le lit n'était défait que d'un côté et que les draps étaient propres. Ses affaires, toujours présentes dans les placards, ne semblaient pas avoir été touchées.

« *Aucune femme ne vit ici, mais qui fait le ménage ?* »

Sa question resta sans réponse. Elle ignora l'étage, ne pensant pas y trouver quoi que ce soit. Au moment où elle s'apprêta à sortir, une porte à l'étage grinça doucement, des bruits de pas dans l'escalier, elle voulut s'enfuir, mais resta paralysée par la peur, résignée. Une douce caresse entre ses jambes brisa sa torpeur : c'était Nitro.

De retour chez sa logeuse, elle expliqua ce qu'elle avait vu. Maria resta silencieuse et circonspecte.

Chapitre 15

Jacques passa doucement devant de vieilles habitations vidées de leurs occupants depuis des années. Construits au sortir de la Seconde Guerre mondiale, ces Logements Populaires Familiaux ou plus simplement nommés LOPOFA avaient résistés au temps, mais pas aux modes, l'époque n'étant plus aux entassements des familles dans des barres impersonnelles. Une fois les derniers habitants partis, les pelleteuses étaient entrées en action. Deux barres avaient déjà disparu, les trois autres allaient bientôt connaître le même destin. Il quitta le quartier, remarqua que le dépôt militaire de l'Armée de l'Air était devenu une usine d'embouteillage de vin. Un immense terrain vague le laissa pensif, une pancarte annonçait qu'ici, bientôt, un centre commercial verrait le jour, le panneau était défraîchi, comme si le projet semblait avoir été abandonné. Jacques continua sur la route qui se rétrécissait à mesure qu'il avançait. Arrivé devant une cour de ferme, il rentra directement. Un épagneul et un bâtard noir au museau couvert de poils blancs vinrent à la rencontre de Jacques, pas d'aboiement de leur part, les chiens savaient parfaitement que les gens qui venaient ici rentraient de leur plein gré et en parfaite connaissance de cause. D'un regard, il fit le tour de la cour, de nouvelles épaves de voitures avaient remplacé celles de trente ans en arrière, un vieux J7 Peugeot servait d'abri pour les poules et les canards, Jacques se souvint que ce véhicule fonctionnait encore la dernière fois qu'il était passé par ici, une publicité « Piles Leclanché » peinte sur les flancs du véhicule était encore parfaitement lisible. À côté de l'utilitaire au lion de Sochaux, pourrissait doucement une Renault 4L fourgonnette dont les roues avaient disparu, il ne restait plus que la caisse jaune poussin indiquant qu'elle venait de la Poste. Un homme sorti d'une grange, armé d'une hache dont le tranchant luisant indiquait qu'elle était fraîchement aiguisée.

— Jacques ! En voilà une surprise ! Qu'est-ce qui t'amène dans mon trou ?

— J'ai besoin de ton aide, Régis.

Le visage du maître des lieux se renfrogna.

— C'est du sérieux ?

— Oui

— Ah, dans ce cas, rentrons.

Ils s'installèrent dans la cuisine, Régis sortit des verres et une bouteille d'apéritif fait maison. Dans un coin, sur un fauteuil, une très vieille femme dormait, le visage apaisé. Les lieux n'avaient pas changé depuis des lustres. Jacques, assis sur une chaise rempaillée parla doucement pour ne pas réveiller l'occupante du grand fauteuil en osier.

— Bah, ne t'inquiète pas ; la mère, elle est sourde comme un lot de pots.

— C'est ta mère ? Mais quel âge elle a ?

— On fêtera ses cent ans dans quinze jours. Toute la famille sera là, mes frères et mes cousins. Un journaliste m'a dit qu'il viendrait faire une photo et un reportage. Bon, qu'est-ce que tu attends de moi ?

— Il me faut une arme, une voiture discrète.

— Je suppose qu'il est inutile que je te demande pour quoi faire.

— Ça ne regarde que moi. Tu peux me fournir ça pour quand ?

— Maintenant si tu veux.

Jacques sortit de sa poche une enveloppe et prit une liasse de billets orange qu'il posa sur la table. Le maître des lieux quitta la pièce et revint avec un Beretta calibre 45, un silencieux et une boîte de munitions. Jacques soupesa l'arme, d'une main experte, fit sortir le chargeur et manœuvra la culasse.

— OK, je prends.

Régis posa aussi sur la table une petite valise noire et en manipula les loquets. Les yeux de Jacques s'agrandirent quand il vit ce que contenait la valise. Rangée soigneusement, une arbalète de précision attendait sagement de reprendre du service.

— D'où tu sors ça ? Il n'y a que les services secrets qui en ont.

— Ben, justement, elle vient de chez eux. C'est un cadeau d'un réfugié russe que j'ai hébergé pendant un moment, le temps que les choses se tassent pour lui en Biélorussie. Un jour, il est retourné là-bas.

— Et s'il revenait ?

— T'inquiète pas, là où il est, il ne reviendra plus.

Jacques n'insista pas.

— Combien pour ce joujou ?

— Rien. Je te la donne. Je n'en ferai jamais rien.

Jacques accepta le cadeau, Régis rafla l'argent sur la table.

— Et pour la voiture ?

— Tu vas aller chez Antonio Munez. Derrière l'aéroport, il y a un chemin qui mène à une casse de voitures. Dis bien que tu es venu voir la mémé. C'est bien compris ? Tu viens voir la mémé. Sinon, tu ne rentreras pas. Tu peux leur confier ta caisse, vu ce que c'est, ils seront aux petits soins avec elle.

Jacques eut une pensée fugace pour son 4x4 BMW X7 qui ne totalisait pas dix mille kilomètres au compteur.

— T'es sûr ? J'y tiens un peu et mon banquier ne s'en remettrait pas si je devais en acheter un autre.

— C'est ça, je ne vais pas les plaindre, ceux-là.

Ils se séparèrent sur une simple poignée de main, dans l'incertitude de se revoir un jour.

Jacques roulait maintenant dans la ville pour rejoindre son parking habituel. Il était indécis. Il ne savait s'il devait se satisfaire de cette Renault Clio, voiture banale dans le paysage automobile français ou être mécontent, car il s'agissait d'un modèle sport avec cent quatre-vingts chevaux sous le capot, la consommation en carburant risquait d'être importante. En refermant la porte du véhicule, finalement, il estima que le fait d'avoir de la puissance tout en étant discret pouvait être un atout dans le but qu'il s'était fixé. C'est avec un vague

115

sentiment d'inquiétude pour les armes qu'il avait soigneusement caché dans la Clio qu'il glissa sa clé dans la serrure de la porte d'entrée de sa maison. Il n'avait pas fait trois pas à l'intérieur qu'il avait déjà compris que quelqu'un était rentré dans les lieux pendant son absence. Rapidement, il fit le tour, rien n'avait été emporté, mais un vase avait été déplacé. Très peu, mais suffisamment pour qu'il s'en aperçoive. Il téléphona à la société de ménage à domicile, ils affirmèrent que personne n'était intervenu aujourd'hui.

Maintenant assis sur le canapé, il égrena le nombre de personnes possédant la clé des lieux. « *Aurore ? Impossible.* » Il avait encore en tête sa carte postale venant de Londres où elle précisait qu'elle ne reviendrait en France que dans dix jours. « *Matthieu ? Peu probable.* » Ce dernier était trop préoccupé par son travail et aussi par Fhella, enceinte de sept mois. « *Marie ? Pourquoi pas ?* » Il se demanda pourquoi aurait-elle fait cela ? Récupérer des effets, des papiers, des bibelots ? Il ne voyait pas vraiment l'utilité pour elle de cacher sa visite. « *Aurait-elle essayé de me joindre ?* » Son portable confirma qu'il n'y avait eu aucune tentative de contact de la part de Marie.

Résolu, mais inquiet, il téléphona à un serrurier. Celui-ci vint œuvrer deux heures plus tard.

***

À mesure qu'il roulait en direction de Charleville-Mézières, Jacques s'intéressait de moins en moins au paysage. Celui-ci, morne et plat, alterné par des champs de maïs ou de betteraves sucrières, n'inspirait guère la curiosité. De temps à autre, une pancarte, partiellement effacée, indiquait un monument, tel cimetière militaire allemand ou français ou encore un ancien édifice religieux remarquable, vanté par le syndicat de tourisme local. Ayant rencontré bon nombre de radars fixes depuis son départ, Jacques respectait scrupuleusement toutes les limitations de vitesse, sauf dans une descente, où il avait allégrement dépassé les cent dix kilomètres-heure, le moment fut bref, mais cela le mécontenta, il ne tenait pas à se faire remarquer dans la région.

Loin devant lui, en haut d'une faible côte, une forme humaine se présenta au milieu de la route, Jacques comprit rapidement qu'il s'agissait d'un gendarme de la route, il pesta. De toute façon, il ne pouvait rien faire et ne s'en tenir qu'aux injonctions de celui qui se trouvait maintenant à cent mètres de lui. Le gendarme lui fit signe de ralentir et l'obligea à prendre la voie de gauche, celle de droite étant encombrée par une semi-remorque stoppée sur le côté. Roulant au pas, il eut une pensée pour les occupants de la voiture qui gisait sur le bord de la route, la façade fracassée, les entrailles du capot béantes. Une fois passé l'accident, Jacques poussa un soupir de soulagement. Quelques kilomètres plus loin, il dépassa deux ambulances roulant à faible allure, signe peu encourageant pour les occupants.

Jacques laissa sur sa droite Charleville-Mézières et prit la direction de Warcq, petite ville résidentielle, calme dans la journée, car de nombreux habitants du bourg travaillaient à Charleville ou ses environs proches. Jacques rentra dans la ville et alla garer sa voiture tout près de l'hôtel qu'il avait repéré sur Internet. Le réceptionniste, la soixantaine dégarnie, porteur d'une chemise au col douteux, lâcha avec regret son journal quand il vit arriver Jacques. Ils n'échangèrent guère de paroles avant que Jacques ne commence à monter l'escalier menant au premier étage où se trouvait sa chambre. À la troisième marche, le réceptionniste l'interpella :

— Prendrez-vous un petit-déjeuner, demain matin ?

Jacques se demanda comment il avait bien pu oublier ce détail. Il se retourna.

— Oui, bien sûr.

L'homme derrière son comptoir nota la commande et retourna à son journal.

Jacques ouvrit la porte de la chambre 11. Le couloir lui avait paru dans un état moyen, il s'attendait au pire. Une discrète odeur de peinture lui indiqua que celle-ci avait été refaite depuis peu. Après avoir posé ses valises, il inspecta les lieux, tout était neuf et propre, Jacques se demanda un moment si l'hôtel n'était pas en travaux. Il regarda par la fenêtre et eut un

117

sourire de satisfaction sur la vue imprenable de tout le boulevard et les maisons qui le longeaient. Il rangea sa valisette noire dans un placard et laissa son sac de voyage sur la chaise dans un coin. Dans la plus grande discrétion, il descendit l'escalier, passa devant la réception désertée et alla dîner en ville, le sourire aux lèvres, ce qui n'était pas arrivé depuis longtemps.

Installé devant une pantagruélique pizza, il porta un toast à lui-même et au dieu Internet qui lui avait permis d'être ici pour accomplir ce qu'il avait décidé de faire.

Chapitre 16

Le carillon dans la salle à manger égrena sept coups. Dans le salon, l'occupant du fauteuil en osier sortit de son sommeil. Le regard vaseux, il rechaussa correctement ses lunettes rondes cerclées d'or et fixa le carillon qui résonnait encore.

— Dix-neuf heures ! Holà ! Gimsy ! C'est l'heure de ta promenade.

Entendant son nom, le Coton de Tuléar sauta du panier et rejoignit son maître. Celui-ci prit une veste de velours sombre et son éternelle casquette de laine grise. Le chien, dûment harnaché, ils sortirent et descendirent les marches du perron devant la maison. Sur le boulevard, un petit vent frais lui fit relever son col. En passant devant l'hôtel, le promeneur ne remarqua pas le mouvement du rideau à une fenêtre du premier étage. Il passait par ici depuis dix-sept ans et parcourait le même chemin matin et soir. Autour de lui, rien n'avait changé, sauf le chien. Quand il était arrivé ici, après avoir vendu sa maison dans le Nord et laissé sa femme au cimetière de la ville, il avait emménagé dans cette maison héritée d'une tante sans enfants, oubliée de tous sauf d'un notaire scrupuleux qui avait retrouvé un héritier potentiel. Veuf et jeune retraité, il s'installa et décida que ses promenades sur le boulevard jusqu'au parc municipal seraient incontournables dans son quotidien. Depuis deux ans, le petit Coton de Tuléar avait remplacé le petit chien ratier qu'il avait trouvé blessé sur le bord de la route un soir en sortant de son travail. Marlène, encore en vie à cette époque, avait eu beau pester, le chien était resté. Quinze ans plus tard, inconsolable de la disparition du petit chien, il adopta ce Coton qu'il promenait maintenant dans le parc municipal. Sur le chemin du retour, le promeneur du soir s'arrêta au niveau d'une habitation identique à la sienne.

— Bonsoir, Monique !

La personne en question, penchée en avant et occupée à arracher les rares mauvaises herbes dans un massif de fleurs mauves, se releva difficilement.

— Bonsoir, Arsène. Comment ça va ?

Le promeneur haussa les épaules et regarda passer une jolie cycliste en collant noir, cheveux blonds en liberté.

— Comme d'habitude, ni mieux, ni pire.

La vieille dame se rapprocha de la haie, ils se voyaient tous les jours ou presque. Il n'y avait que l'hiver et le froid qui les éloignaient un peu.

— Savez-vous que mon voisin s'en va ? fit-elle sur un ton de confidence.

Arsène, surpris, demanda pourquoi.

— D'après le fils, il aurait complètement perdu l'esprit. Maladie d'Alzheimer, a dit le médecin.

— Est-ce que vous savez où il va ?

Monique se rapprocha et parla encore plus bas, car une personne arrivait à leur hauteur.

— Il irait à Rethel, il y a un truc, un lieu pour ça.

Arsène se mit à sourire de l'ignorance de sa voisine.

— Un EHPAD, Monique, c'est comme un hôpital, mais pour les vieux, comme nous.

Elle eut un geste effrayé.

— Ah ça non ! Je veux mourir chez moi. Parmi mes affaires, mes fleurs, mes chats.

Ne voulant pas aborder le sujet, il commença à s'éloigner.

— Bien sûr, Monique, c'est ce que tout le monde veut.

Le téléphone se mit à sonner chez la vieille dame. Celle-ci, aussi vite qu'elle put, retourna chez elle, pour répondre. Arsène reprit son chemin, heureux d'avoir été libéré de ce mauvais pas par un anonyme correspondant au téléphone. Il rentra chez lui, soucieux de sa propre fin. Qui sera autour de lui ce jour-là ? Béatrice ? Depuis la mort de sa mère, elle n'a plus donné signe de vie. Olivier ? La prison centrale de Loos risquait de le retenir encore longtemps.

Arsène se mit devant la télévision, seule fenêtre sur le monde qui lui restait.

***

Posté à la fenêtre de sa chambre d'hôtel, Jacques nota l'heure de passage du promeneur au chien. Depuis trois jours qu'il surveillait les allées et venus d'Arsène, il en était arrivé à cette conclusion : le bonhomme avait une vie réglée comme une pendule. Jacques en savait assez maintenant, il se devait d'agir.

Allongé sur le lit, il se demanda si le jeu en valait bien la chandelle. Tant d'années avaient passé. Des souvenirs d'usine sale, mal éclairée et bruyante remontèrent dans sa mémoire. Ce premier emploi, trouvé par relations entre son paternel et le directeur d'usine, n'aurait pas été trop dur à supporter s'il n'y avait eu ce petit chef, ressemblant plus à un *Kapo* de *stalag* qu'à un véritable responsable de production dans une équipe. Les réprimandes, puis les invectives arrivèrent vite entre Jacques et son chef. Un jour où ce dernier avait largement dépassé les bornes de la bienséance, ils en vinrent aux mains. Jacques fut licencié sur-le-champ. Avant de partir, il trouva un moyen de se retrouver seul avec celui qui était désormais son ancien responsable de travail. L'action fut rapide et brutale. Quand le petit chef se retrouva par terre, une arcade sourcilière ouverte, Jacques se pencha et approcha sa bouche près de l'oreille du supplicié :

— Tôt ou tard, sois sûr que l'on se reverra.

Ce moment là était arrivé.

***

Arsène posa le magazine qu'il venait de finir de lire dans le porte-revues en osier, cadeau lointain de sa fille Béatrice. Le carillon sonna sept fois. Il hésita un instant à entamer cette promenade, la conversation qu'il avait eue avec Monique, deux jours auparavant, lui avait donné le cafard. Finalement, il se décida, espérant que la fameuse Monique ne serait pas dehors au moment de son passage. Arsène passa devant l'hôtel, le rideau de la chambre ne bougea pas. Cette fois-ci, par bonheur, Monique n'était pas dans son parterre de fleurs. Heureux, Arsène accéléra le pas, chose rare chez lui et entra dans le parc municipal. Comme pour le rideau de l'hôtel, il ne remarqua pas cette Clio Renault grise métallisée garée en face de l'entrée du parc.

Jacques se releva dans la voiture et regarda un instant s'éloigner Arsène avec son chien. Il savait qu'il avait peu de temps pour agir, ayant remarqué que les véhicules sur le boulevard se raréfiaient à partir de dix-huit heures trente. Les feux tricolores, trois cent mètres plus bas, interrompaient le flot de voitures par intermittence relativement régulières. La veille, son chronomètre n'avait pas été au-delà de quarante secondes sans qu'il y ait de passage de voiture sur le boulevard et en avait conclu qu'il n'avait pas de droit à l'erreur. Il fit sauter les verrous sur la valisette noire, le Beretta attendait sagement, attaché par des élastiques, mais ce n'était pas ce que voulait Jacques, c'était plutôt l'arbalète. Sans trembler, il arma l'engin, posa le carreau sur le guide et attendit. Un flot de véhicules passa. Il regarda dans ses rétroviseurs : pas de piétons.

« *La chance est de mon côté, Arsène, pas du tien. Je t'avais dit que l'on se reverrait un jour.* »

Arsène revenait vers la porte du parc, il en était à vingt mètres. Quelques voitures passèrent. Jacques, positionna son œil dans la lunette, régla le focal et tira. C'est à ce moment précis qu'Arsène se pencha pour remettre en bonne position le harnais du petit Coton de Tuléar. Le carreau mortel passa au-dessus de lui en sifflant. Arsène entendit bien quelque chose, mais il se demanda quoi. Il se releva et fit un pas pour reprendre sa promenade. Jacques, irrité, réarma l'engin et attendit qu'un groupe de voiture fût passé. Arsène était maintenant à moins de dix mètres de l'entrée. Il s'arrêta. Devant lui, une chose l'intriguait. Dans une voiture en face de lui, un individu portait un engin bizarre, surmonté d'une lunette de visée. Arsène, avec les années, était devenu un peu sourd, mais avait gardé une vue perçante. Il n'eut pas le temps de se poser la question : le carreau de l'arbalète vint se ficher dans sa poitrine, en plein cœur. Il essaya de porter la main à sa blessure, mais, lâchant la laisse du chien, il s'écroula aussitôt, face contre terre. Jacques démarra la voiture, entra dans la circulation et prit la direction pour sortir de la ville.

Arsène Belloin était mort dans un lit, comme il l'avait espéré, mais ce lit était fait de feuilles mortes, tombées comme lui, dans un parc municipal d'une petite ville de province.

***

Dans le commissariat principal, les coudes sur son bureau, l'officier de police dut relire trois fois pour comprendre ce qu'il y avait dans ce rapport issu du service de la balistique.

— Si j'ai bien compris, ce type a été tué par une arme qui date du moyen-âge.

L'adjoint de l'officier estima utile qu'il clarifiât un point de détail.

— Ce n'est pas tout à fait ça, chef. Il semblerait, d'après les experts, que nous sommes en présence d'une arme moderne, sophistiquée et rare, certains services secrets étrangers en possèdent.

— Étrangers, tu dis ? À qui penses-tu ?

— Je pencherais pour les Russes.

— Mouais, je ne vois pas bien ce que viendraient faire ici des agents de l'ex-KGB. Bon, maintenant, c'est le mobile du crime qu'il nous faut. C'était un paisible retraité, pas de casier judiciaire, bon voisin, le parfait anonyme. As-tu vu du côté des enfants ?

L'adjoint prit un air embarrassé.

— C'est quoi, le problème ? fit-elle, agacée.

— J'ai rencontré la fille, une certaine Béatrice. Elle m'a affirmé qu'elle avait cessé toute relation avec son père depuis la mort de sa mère. Quant au fils, Olivier, il séjourne à Loos, il a pris vingt-cinq ans de placard.

L'officier siffla d'admiration.

— Qu'est-ce qu'il a fait ?

— C'est lui qui a descendu le commissaire Morin lors du braquage de la BNP à Melun, il y a quinze ans.

— Ah, c'est lui. Je n'avais pas fait la relation avec le nom. En tout cas, on retourne sur les lieux et on fouille, la chance sera peut-être avec nous.

Chapitre 17

Il était trois heures du matin quand Jacques entra dans la ville endormie, il ne croisa que quelques voitures de personnes travaillant de nuit. Une fois la voiture mise en sécurité, il alla se coucher, épuisé.

Le lendemain, il téléphona directement au président de la société.

— Tu penses être en arrêt combien de temps ? Interrogea le président, intrigué.

— Je ne sais pas, mais une gastro-entérite, ça dure huit jours, pas plus.

— Bon, repose-toi bien et reviens-nous en pleine forme.

— OK.

Jacques raccrocha. Se reposer, pas question. L'ange de la Mort, qu'il avait décidé d'incarner, avait encore un travail à accomplir avant que celle-ci ne fasse son œuvre...

***

L'inspectrice s'arrêta exactement à l'endroit où Jacques avait tiré le coup mortel. Plus le temps passait, plus il était persuadé que le tireur n'était pas dans le parc au moment du tir. Elle avait obtenu de sa hiérarchie que le parc soit entièrement isolé, sécurisé et qu'une équipe de la police scientifique ratisse le moindre espace où le crime a été commis. Ils trouvèrent de tout. Des préservatifs, un godemiché, des clés, un collier pour chien, une laisse, des portefeuilles, vides, bien sûr, une bague en or, les restes d'une petite culotte. L'officier commençait à redouter l'entretien qu'il faudrait avoir avec le chef pour expliquer qu'ils étaient rentrés bredouilles quand un agent revint avec un objet long dans une poche en plastique.

— Regardez ce que j'ai trouvé, lieutenant.

Celle-ci exulta.

— Bingo ! Elle se tourna vers son adjoint.

— Tu vois ça ? Je crois que l'on n'est pas venu pour rien.

Quelques heures plus tard, le responsable du laboratoire fut catégorique. C'était bien la même flèche que celle trouvée dans le corps d'Arsène Belloin.

— Nous n'avons donc pas à faire à un professionnel du crime. Il a raté sa cible une première fois, mais pas la deuxième.

— Oui, fit l'inspectrice. Conclusion, nous avons donc un quidam qui se balade avec une arme très dangereuse. Des traces sur la seconde flèche ?

— Carreau, lieutenant, on appelle cela un carreau. J'ai trouvé des restes d'empreintes digitales, j'espère qu'elles seront exploitables, je vais rechercher aussi s'il y a des traces d'ADN.

L'inspectrice manifesta son contentement par un grand sourire.

— Parfait, à quand les résultats ?

— Deux à trois mois, environ.

La réponse doucha les espoirs de la policière.

— Quoi ? Mais d'ici là, ce type va avoir le temps de tuer des tas de gens !

Le scientifique eut un haussement d'épaules.

— Je sais, lieutenant, mais je vous rappelle que nous ne sommes pas chez les Experts à Miami.

***

Jacques se leva à midi, un terrible mal au crâne lui vrillait le cerveau. Il perçut un bruit continu, puis plus rien. Le bruit reprit, sembla se rapprocher de sa chambre. Soudain, il comprit, c'était l'aspirateur de la femme de ménage. Il passa un pyjama, puis un peignoir pour avoir l'air décent et sortit de la chambre. Jacques fut d'abord surpris par la taille de la personne qu'il avait devant lui, elle était tellement petite qu'il

126

crut avoir à faire à une petite fille. Celle-ci se retourna, voyant qu'il y avait quelqu'un dans le couloir, elle stoppa son engin. Elle s'approcha, tendant sa main. Jacques serra la toute petite main tendue par celle qui était, non pas une gamine, mais une fort belle jeune femme.

— Bonjour, Môssieu, fit-elle dans un accent japonais craquant. Êtes-vous content de moi ?

Ne s'attendant pas à un tel propos, il mit un temps pour répondre.

— Oui, oui, c'est parfait. C'est vous qui venez quand je ne suis pas là ?

— Oui. C'est moi.

Elle retourna à son aspirateur et à ses tâches ménagères.

Après avoir déjeuné, Jacques s'habilla et se renferma dans son bureau. En fin de journée, il sortit et se mit à parcourir différents lieux de la ville, les bars mal famés, les petits rades bien crades où se retrouvait la plèbe de la société, ceux pour qui l'ascenseur social restait en panne, comme celui de leurs logements sociaux aux façades lépreuses. Il rentra tard dans la soirée, bredouille. Il remit ça le lendemain et ce ne fut qu'en soirée que le miracle se produisit. Dans une rue obscure, un tout petit café officiait encore, tenu par une matrone gironde aux seins gigantesques et à la gouaille facile. Les cheveux gras et un boyard maïs aux lèvres, elle servait un petit vin de pays correct, tout comme son prix d'ailleurs. Passant doucement devant l'établissement, Jacques reconnut celui qu'il cherchait. Il gara la voiture un peu plus loin et remonta la rue à pied. Son scénario était prêt, il jouait gros, mais n'avait rien à perdre. Il rentra dans le bar, l'homme était toujours là. Gisèle, la patronne, s'approcha du comptoir où Jacques était accoudé, maintenant.

— Pour Monsieur, ce sera... ?

— Un café.

Il regretta aussitôt sa demande, venant de s'apercevoir qu'il n'y avait pas de machine à café dans le bar. La patronne revint, un authentique pot à café de marque Grand-Mère à la main. Elle servit dans la tasse posée devant lui un jus noir fumant ayant une odeur suspecte, il regretta son choix une deuxième fois. Pourtant, l'émanation suave venant de la tasse lui rappelait quelque chose, un souvenir, une impression de déjà vécu. Courageusement, il trempa ses lèvres et ce fut fulgurant, il reposa sa tasse, subjugué. La patronne, comme s'il elle s'attendait à cette réaction, se tourna vers Jacques.

— Alors, il est bon, mon café ?

Jacques reprit une nouvelle gorgée du breuvage comme pour s'assurer qu'il n'avait pas rêvé.

— Très bon, Madame. C'est du genièvre dedans, n'est-ce pas ?

— Eh oui ! fit-elle, triomphante. Je suis une fille du Nord, il y a des habitudes que l'on garde jusqu'au bout.

Tout à coup, il y eut un bruit de vaisselle cassée dans la cuisine. La patronne, leste malgré sa corpulence, fonça dans l'office.

— Sales chats ! Foutez-moi le camp !

La maîtresse des lieux étant occupée dans sa cuisine, Jacques en profita pour aborder l'homme à côté de lui, resté impassible, l'air absent.

— Excusez-moi, Monsieur, avez-vous été au lycée *Victor Hugo* dans les années soixante-dix ?

L'homme se retourna, se mit à réfléchir comme s'il avait de la peine à rassembler sa mémoire.

— Heu, oui. Il me semble.

— Alors, dans ce cas, seriez-vous Didier Carvhallo ?

Un étonnement, puis une incrédulité passèrent successivement sur le visage de l'individu.

— Oui, c'est bien moi, mais vous, qui êtes vous ?

Jacques s'approcha de l'homme.

— Je m'appelle Jacques Riché, vous ne vous souvenez pas de moi ?

Un éclair de lucidité sembla opérer sous le crâne du fameux Didier.

— Oh oui, ça me revient, maintenant. Mais il y a très longtemps tout ça, j'étais un peu dissipé comme élève. Les études, cela n'a jamais été mon fort.

Jacques réprima un sourire narquois.

128

— Alors, qu'es-tu devenu ?

Le tutoiement eut pour effet de rassurer le Didier en question qui sembla se détendre.

— Je me suis marié jeune, puis elle est partie, j'en ai épousé une autre, elle est partie aussi. Au diable les femmes, je vis seul maintenant et je travaille sur les chantiers dans la ville, en intérim.

Prudent, Jacques minimisa sa situation.

— Moi, ma femme m'a quitté depuis quelque temps, elle reviendra peut-être, je travaille en usine, huit heures par jour, derrière une machine.

La patronne revint, calmée. Didier, pour arroser l'événement, réclama à boire, la patronne refusa net.

— Non, Didier, tu as assez bu comme cela. Je n'ai plus le droit de te servir : si des flics passent, j'aurai des emmerdes. Et puis, d'ailleurs, je ferme, Messieurs. Excusez-moi d'insister, mais je me dois de vous faire sortir.

— Je ne vous ai pas réglé mon café, Madame.

Gisèle regarda un moment Jacques, elle se demanda comment un homme si distingué pouvait être aussi mal habillé et avoir une barbe de quatre jours.

— C'est un euro, lâcha-t-elle.

Jacques posa une pièce sur le comptoir et sortit. Carvhallo se tenait péniblement contre un mur, assis sur un poteau d'incendie.

— Veux-tu que je te ramène chez toi ?

Il secoua la tête.

— Ouais, ce serait bien.

Ils descendirent la rue. Son compagnon du moment s'arrêta pour uriner contre un poteau électrique. En circulant dans la ville, Jacques redouta un moment que son passager vomisse sur les sièges, mais ce ne fut heureusement pas le cas. Selon les indications de Didier, Jacques parvint à l'ancien quartier des LoPoFa où il était passé quelques jours auparavant. En descendant, il questionna Didier, qui semblait remis de sa cuite.

— Je croyais qu'il n'y avait plus personne ici.

— Il n'y a plus que moi et deux petits vieux, on doit déménager le mois prochain.

— Ah, je comprends, maintenant.

— Merci pour la course. Veux-tu prendre une bière, il doit m'en rester au frigo.

— Dans ce cas, je veux bien.

Ils montèrent les quelques marches du perron de l'immeuble, puis ce fut un couloir aux murs écaillés. Pour éviter les squatters, les appartements libérés avaient été murés par des parpaings, rendant le décor sinistre à souhait. Des fresques s'étalaient dans tout le couloir de l'immeuble, où les tagueurs, artistes aux œuvres éphémères, s'en donnaient à cœur joie de temps à autre. Seule la porte du logement de Carvhallo avait échappé à ces folies picturales. L'ambiance plaisait bien à Jacques, tout se déroulait comme prévu. Ils rentrèrent dans l'appartement de Didier. Tout de suite, une forte odeur prit la gorge de Jacques. Des lieux exhalaient des relents mélangés de pisse, de merde, de sperme et de mauvais alcool bon marché rendant malade à vomir tripes et boyaux. Jacques se demanda, pendant que Didier était parti chercher des bières, quels genres d'orgies pouvaient bien se passer ici. Du bout des fesses, il se posa sur un fauteuil en velours vert avec un passepoil de la même couleur. Didier revint avec en mains deux « 1664 » qu'il ouvrit devant Jacques. Celui-ci restait sur ses gardes, le sourire de Didier qui le fixait, ne l'inspirait guère. Ce dernier, dès qu'il eut englouti la moitié du contenu de sa bouteille, se mit à parler.

— Tu vois, Jacques, ton histoire du lycée *Victor Hugo*, je n'y crois pas. J'ai fait semblant de te reconnaître tout à l'heure, j'étais bourré, pas sûr de moi. Tu m'as ramené chez moi, c'est très gentil de ta part. Merci. Mais moi, j'ai l'impression que c'est autre chose qui t'amène ici.

Jacques se mit à blêmir. Le contact du Beretta dans son dos le rassura un peu. Didier se leva, il continua son discours.

— Tu sais ce que je crois ? Non, tu ne sais pas. Je vais te le dire. Je crois que tu es venu au bar en sachant parfaitement que je m'y trouverais. Tu m'as baratiné et maintenant que tu es là, finissons-en, plus vite ça ira, mieux ce sera.

Didier, toujours debout, enleva rapidement ses vêtements et les jeta sur le canapé. Nu à présent, il caressait son membre flasque entre ses jambes.

— Elle te plaît, ma pine, hein ? Dis-moi qu'elle te plaît. Désape-toi, que je te suce, après tu pourras m'enculer, tu sais que j'aime ça, sinon, tu ne serais pas là, allez viens, Jacques.

Ce dernier, déboussolé, avait une forte envie de fuir, quitter cet endroit horrible, ne plus voir cette espèce de fou qui commençait à bander tellement il se branlait devant lui en proférant des insanités.

— Mais non, Didier, tu te trompes, je ne suis pas comme ça. Je…

Didier cessa son geste masturbatoire et s'approcha de Jacques, menaçant.

— Alors, POURQUOI ES-TU ICI ?

Une colère noire, sourde, irrépressible, se mit à l'envahir. C'était la même colère d'autrefois, dans la cour de l'école, quand Didier le frappait parce qu'il n'avait pas d'argent sur lui, quand Didier le bousculait parce qu'il ne savait pas se défendre, et surtout, quand Didier l'insultait sans raison particulière, comme ça pour rire. Cette colère fit place à la haine quand Jacques apprit que cet individu avait osé mettre ses sales pattes sur Éliane pour tenter de commettre le crime le plus vil qu'un homme puisse faire sur une femme. Cette haine, elle doit sortir aujourd'hui, maintenant, il n'en peut plus, Jacques : toutes ces peurs d'autrefois, ce sont elles qui vont le faire crever à force de les avoir rentrées en dedans. Aujourd'hui, la haine était remplacée par l'envie de meurtre, le responsable de ses malheurs était devant lui, il devait payer. Jacques sortit le Beretta de derrière son dos et bouscula son adversaire qui tomba sur le canapé, puis attrapa un coussin vert, l'appliqua sur la tête de Didier et tira deux fois. Le corps de l'homme couché s'affaissa. Passablement sourd, Jacques recula et s'éloigna de quelques pas. C'était fini. Il rangea le Beretta dans sa ceinture et referma sa veste. Il s'apprêtait à sortir quand il revint auprès du cadavre, ramassa sa bouteille de bière qui s'était en partie vidée au sol. Après l'avoir terminée, il mit la bouteille dans sa poche intérieure de veste. « *Pas de trace.* » Il sortit dans le couloir, personne aux alentours. Arrivé à sa voiture, Jacques aperçut des gosses qui jouaient au foot, au loin dans un terrain vague. « *Ils sont trop loin, ils ne peuvent pas me voir* ». Confiant, il reprit le chemin inverse pour rentrer chez lui.

***

Jacques passa une nuit agitée. Il se réveilla plusieurs fois au bord du lit, prêt à tomber. Immobile, dans le noir, il en pensa qu'il avait fait trois fois le même rêve. Il essaya de se rappeler ce qui pouvait l'empêcher de dormir, en vain. Finalement, il glissa dans un sommeil profond qui, fort heureusement, ne fut pas perturbé. Au matin, tout en remuant son café, il se demanda dans combien de temps la police allait être au courant du meurtre et quel genre d'enquête allait se mettre en place. Aujourd'hui, il allait rendre la voiture et se débarrasser des armes. La sonnerie de son portable le remmena à la réalité du moment. C'était Marie. Surpris, il décrocha.

— Allô ? C'est toi, Marie ?

— Oui, bonjour Jacques. Je t'appelle parce qu'on ne peut pas rester comme ça. Il faut que l'on se voie pour pouvoir se parler calmement.

— On se parle depuis vingt secondes, c'est déjà pas mal, non ?

— Oui, oui, mais que fait-on pour l'avenir ?

— Soit tu reviens à la maison, soit on divorce.

Jacques ne s'aperçut de l'incongruité de sa phrase qu'après qu'il l'eut prononcée. Il y eut un silence gêné des deux côtés.

— Jacques, je n'ai pas envie de revenir à la maison.

— Eh bien voilà ! Tu es déjà amoureuse ? Tu n'as pas perdu de temps, dis donc !

Marie eut soudain envie de raccrocher.

— Oui, je suis amoureuse, que cela te plaise ou non.

— Rassure-toi ma chérie, j'en suis très content.

— Salaud ! Tu ne changeras jamais !

Et elle raccrocha. De son côté, Jacques ferma son portable, qu'il plaça dans sa sacoche.

***

Au volant de son 4x4, Jacques estima qu'il faudra beaucoup de temps à la police pour parvenir jusqu'à lui. Une violente douleur lui tordit l'estomac et lui fit faire un écart important sur la route. Fort heureusement, la circulation était calme à cette heure-là. Une aire de stationnement de bus urbain lui servit de refuge un moment. Jacques savait qu'elles seraient maintenant de plus en plus proches. Il lui restait tant de choses à faire et il était si fatigué qu'il ne savait plus s'il allait vraiment arriver au but qu'il s'était fixé. La douleur s'estompant, il put prendre la direction du centre commercial en sortie de ville.

***

Après avoir arpenté pendant deux heures dans l'appartement, Marie se décida enfin à se poser sur le canapé. Elle estima une dernière fois que renouer avec Jacques était une très mauvaise idée. Depuis qu'elle était partie de la maison, elle vivait en équilibre, comme sur un fil, ne sachant s'il fallait reculer ou bien avancer. Revenir en arrière, c'était retrouver le foyer, le thé à cinq heures, le canapé en cuir, sa liseuse en osier, ses chats, mais aussi, c'était perdre Maria, ses bras, son regard, ses caresses, son amour... Ici, nuit après nuit, elle avait appris à aimer Maria, à surmonter ses peurs, ses angoisses, ses doutes. Malgré cela, elle ne se sentait pas à sa place, elle était une étrangère ici ou pire encore, une immigrée dans la cité. Le matin, quand elle descendait pour aller à sa voiture en traversant la place du marché d'un pas rapide, ses escarpins frappant sur le bitume faisaient tourner les têtes, surtout celles des hommes. Elle sentait leurs regards suivre les contours de son corps enveloppé dans sa jupe droite noire, mater ses seins sous son tailleur blanc cassé, se doutant de leurs commentaires : « *Tiens, voilà la bourgeoise qui part bosser* » ou encore « *Qu'est-ce qu'elle a, celle-là, à nous narguer avec ses talons hauts et son fric ?* » Un jour de marché, voulant faire un peu de cuisine et surtout, une surprise à Maria, elle s'y rendit pour faire quelques achats. Avant de partir, elle enfila un vieux jeans un peu moulant, envoya valser chemisier et soutien-gorge et mit un tee-shirt délavé passablement usé, défit ses cheveux et les ébouriffa à la main, leur donnant un aspect de crinière blonde. Sur la place, en plein marché du dimanche, ce fut un raz-de-marée dans le cœur des hommes. Beaucoup ne firent que la regarder, certains lui dirent qu'elle était belle, d'autres osèrent l'aborder en lui proposant de prendre un verre au bar du Mail. Aussi surprise que gênée, ce jeu l'amusait, tout comme ce qui allait lui arriver peu après. Sur le chemin du retour, son panier rempli étant lourd, Marie s'arrêta au banc d'un marchand d'agrumes variés. Un beau jeune homme, derrière l'étal, se rapprocha. De ses yeux noirs, il là fixa.

— Permettez-moi de vous dire, Madame, que de ma vie entière, je n'ai jamais rencontré de femme aussi belle que vous. Si Dieu m'accorde un jour de trouver une épouse, j'aimerais qu'elle ait votre grâce et votre beauté.

Marie resta paralysée sur le discours du jeune homme, ne sachant que faire. Parti un instant à l'autre bout de son étal, il revint avec une orange d'une taille exceptionnelle.

— Tenez, je vous l'offre. Elle a mûri au soleil du Maroc, là où je suis né. C'est un peu du soleil de là-bas. Le soleil de mon cœur, c'est vous, il brillera en moi toute cette journée, soyez-en sûr. Merci.

Marie, profondément émue, prit l'orange et la déposa délicatement parmi les autres fruits qu'elle avait achetés. La gorge serrée et au prix d'un effort énorme, elle put prononcer que quelques mots.

— Merci, comment vous appelez vous ?
— Mustapha, Madame. Pour les amis, c'est Mouss.
— Eh bien, Mouss, je ne vous oublierai pas non plus, soyez-en certain. Bonne journée.

Marie reprit son panier, elle sentit le regard du jeune homme sur elle jusqu'à ce qu'elle ne soit plus visible parmi les gens qui s'éloignaient du marché pour rentrer chez eux, préparer le déjeuner du dimanche. Elle fit une pause à mi-

134

chemin, essuya ses yeux. Au bord de l'épuisement total, la montée de l'escalier de l'immeuble fut un vrai calvaire. Parvenue chez elle, elle s'effondra dans le canapé. Au bout d'une heure, ayant repris des forces, elle se mit à la cuisine. Maria arriva une demi-heure plus tard, pour sa pause d'après-midi, l'odeur dans la pièce émoustilla ses narines.

— Ça sent rudement bon, c'est quoi ?

— Un risotto aux fruits de mer.

— Parfait, j'adore.

Maria s'approcha de Marie, lui donna un baiser et scruta son visage, inquiète.

— Tu as pleuré, chérie, qu'est-ce que ne va pas ?

— Si je te le raconte, tu ne te moqueras pas de moi ?

— C'est entendu, dis-moi tout.

Une fois que Marie eut fini, Maria donna son sentiment.

— Ce qui t'est arrivé, c'est normal. Que tu aies sur toi une robe de soirée, un tailleur Chanel, des fringues informes et usées, tu seras toujours belle, même avec un sac à patates sur le dos !

— Oh ! Maria, tu es trop gentille.

***

Marie, pensive, eut soudain un frisson, elle ramena les draps du lit sur elle. Le corps, la chaleur de Maria lui manquait déjà. Son odeur, son parfum, le goût de ses lèvres s'estompaient doucement, elle aurait donné n'importe quoi pour que ces effluves restent auprès d'elle. Soudainement angoissée, elle se recroquevilla sur elle-même. « *Folle, je vais devenir folle si ça continue comme ça. Je dois me ressaisir, je dois agir, je dois reprendre en main le cours de ma vie.* » Elle resta un long moment les yeux dans le vague, l'esprit vide et l'âme en peine. Doucement, il lui revint en mémoire des bribes de conversation avec Maria.

« *Parle-moi de cette fille avec ton mari, elle s'appelle Barbara, je crois.* »

« *Oui, c'est ça. Je ne peux pas t'en dire grand-chose, je ne l'ai jamais vue.* »

« *Quoi ? Tu as quitté ton domicile pour venir ici, car tu étais trompée par une femme que tu n'as jamais vue ?* »

Les dernières paroles de Maria se répétèrent inlassablement dans la tête de Marie jusqu'à ce qu'elle comprenne enfin que certains éléments lui manquaient dans ce qui la préoccupait le plus. D'un bond, elle se leva, enfila un maxi tee-shirt, renversa le contenu de son sac à main sur la table du salon. Au bout de quelques minutes de fouilles, elle trouva ce qu'elle cherchait. D'aspect anodin, le microscopique carnet qu'elle tenait dans sa main renfermait des trésors. Depuis qu'elle était jeune fille, Marie avait noté dans ce carnet tous les numéros de téléphone et les adresses des différentes personnes qu'elle avait pu côtoyer. Dans ce carnet, résidait peut-être une solution pour qu'elle y voie plus clair dans sa vie. Le bout du tunnel était dans ces feuilles griffonnées à l'encre violette pour les plus anciennes, stylo Bic pour les autres et parfois, mine de crayon à papier, presque effacé par endroits, du moins, elle voulait y croire. Abdelharam, Amaury, Asnin, Balp, Baupin, les noms s'égrenaient à mesure qu'elle parcourait les pages. Des souvenirs fugaces passaient aussi, parcelles de mémoire perdues aussitôt retrouvées grâce à la simple lecture de quelques lettres. Soudain, elle s'arrêta sur un nom : Berrier. Le prénom ne revint que quelques secondes plus tard : Jérôme. C'était cela, Berrier Jérôme. La dernière fois qu'elle l'avait vu, c'était trente-cinq ans en arrière, elle venait de lui donner une gifle magistrale, car l'opportun avait profité de la pénombre d'une soirée en boîte de nuit pour lui peloter les seins et les fesses. Honteux, il avait quitté les lieux et elle ne l'avait jamais revu. Le numéro de téléphone inscrit ne valait peut-être rien, mais elle essaya quand même. Contre toute attente, quelqu'un décrocha. Une voix âgée répondit.

— Allô ? Mme Berrier ?

— Oui, c'est moi, qui êtes-vous ?

Marie expliqua qu'elle recherchait des anciens élèves de son école, dont un certain Berrier Jérôme. Il y eut un moment de silence, puis la dame répondit :

— Vous avez de la chance, c'est mon fils et il est à côté de moi, c'est de la part de qui ?

Marie faillit dire son nom marital, mais cela ne lui aurait été d'aucun secours, elle préféra donner son patronyme de jeune fille.

— Marie Godart.

Il y eut un autre silence, puis le combiné que l'on pose sur un meuble. Marie attendit, attendit, attendit encore. Elle allait raccrocher quand quelqu'un parla.

— Allô ? C'est moi, Jérôme, c'est bien toi Marie, Marie Godart ?

— Oui, c'est moi. Je regrette pour la gifle.

— La gifle ?

Le moment de silence parut une éternité pour Marie, elle s'attendit à une catastrophe.

— Ah oui ! fit-il, effectivement, j'étais jeune, un peu fou et tu étais tellement belle.

« *Décidément, tout le monde me trouve belle, même au téléphone.* »

— Je n'étais pas trop mal à l'époque, et toi, as-tu réalisé ton rêve ?

— Oui, j'ai un métier passionnant, mais il y à des hauts et des bas, il faut savoir relativiser. Mais dis-moi, c'est pour ça que tu m'as appelé ?

— Non, pas vraiment, mais j'aurais besoin de tes services.

— Si c'est pour une enquête, officiellement, mon agence est fermée pour congés annuels. Dis-moi ce qui t'arrive, je verrai ce que je peux faire.

— Ce serait long au téléphone, il vaudrait mieux que l'on se voie. Après demain, à midi, à la *Taverne d'Alsace*, ça ira ?

— Impec, une choucroute, ça me tente.

Elle raccrocha. Rassérénée, elle alla prendre une douche, puis séchée et nue, elle se mit à son bureau pour corriger des copies d'élèves.

***

Le commissaire entra sans frapper dans le bureau des lieutenants Bertault et Nakache. Rioti avait l'habitude, dès qu'il avait une tâche administrative fastidieuse à faire réaliser, de rentrer dans les bureaux sans prévenir pour surprendre ses subordonnés en flagrant délit d'activité jugée inutile selon lui. Le ou la coupable se voyait remettre le travail en question avec obligation de résultat dans les plus brefs délais, mais aujourd'hui, il n'avait trouvé personne non occupé. De guerre lasse, il s'était résigné à donner le dossier aux deux enquêteurs qu'il avait en estime. C'était pour cela que le commissaire était devant des piles de dossiers qui commençaient à cacher les deux policiers affairés à vider une immense armoire grise en métal.

— Bertault, où êtes-vous et c'est quoi tout ce bazar ?

L'officier, en entendant son nom, dressa l'oreille et quand il eut compris que c'était Rioti, il se leva de derrière son bureau.

— C'est vous, commissaire, qui avez demandé de vider les dossiers de plus de trois ans et de les envoyer aux archives.

— Ah, très bien. Tenez, un de vous deux s'occupera de ça quand vous aurez fini. Tenez-moi au courant des poursuites, s'il y en a.

Le commissaire posa le dossier sur le bureau de Bertault et reparti par où il était venu. Du bout des doigts, il souleva doucement le dossier, comme s'il était piégé.

— C'est quoi ? Fit Nakache, jeune officier tout frais sorti d'une école de police.

Bertault soupira de déception.

— C'est encore une histoire de radar fixe, les gars de Rennes n'arrivent pas à récupérer les coordonnées d'un contrevenant. Ça va être comme la dernière fois, on va passer deux heures à la préfecture pour qu'ils s'aperçoivent qu'il s'agit d'une erreur informatique, tu veux t'en occuper ?

— Bon, allez, donne, je vois que ça ne te branche pas, la circulation.

— T'es marrant, Akim, j'ai fini premier de ma promo, il y à vingt-sept ans et je ne suis toujours que lieutenant, alors la circulation, ça me passe au-dessus.

Bertault avait insisté sur le « que », parler de ce sujet était délicat avec lui.

— Tu oublies l'affaire de Châteauroux.

— Je te signale que tu n'étais pas né à cette époque et que j'étais en légitime défense.

— Exact pour les deux arguments, chef. Tu me le passes ce dossier ?

La chemise bleu ciel changea de bureau.

138

— On termine le rangement ?

— Oui, ce sera mieux.

Deux heures plus tard, tous les dossiers avaient disparu, l'armoire avait subi un nettoyage complet, Akim la referma doucement et tourna la poignée pour verrouiller les battants. Il allait enfin s'asseoir quand Rioti entra en trombe.

— Vous deux, prenez une voiture et allez à l'ancienne cité LoPoFa, près de la caserne d'artillerie, des personnes ont trouvé un cadavre dans un appartement. Tenez-moi au courant dès que vous y êtes.

— On y va, chef !

***

Le commissaire regarda autour de lui avant de pénétrer dans le couloir de l'immeuble où régnait une lumière blafarde et surtout, une odeur nauséabonde, prégnante, un effluve de mort. Bertault, sur le perron de l'immeuble, lui avait fait le topo des lieux.

— C'est un homme d'environ cinquante-cinq ans, il a été tué d'une ou deux balles de fort calibre vraisemblablement, on l'a trouvé nu, couché sur le côté, un coussin plein de sang sur la tête. À première vue, le tir s'est fait à bout portant, le coussin porte des traces de brûlures.

— Votre première impression, Bertault ?

Depuis quelque temps, le commissaire Rioti envoyait systématiquement Bertault et Nakache sur des affaires de meurtres ou de délits graves. Deux mois auparavant, il avait reçu une note interne demandant des précisions sur les états de service du lieutenant Bertault. Le motif de la demande confidentielle était que la hiérarchie de Paris verrait bien Bertault commissaire en vue d'un remplacement en douceur au commissariat principal de la ville. Rioti en avait conclu que ses galons de commissaire principal lui étaient acquis, trois ans avant la retraite, cela pouvait être une belle fin de carrière.

— Eh bien, commissaire, je pense qu'il pourrait s'agir d'un rendez-vous homo qui à mal tourné.

— Le meurtrier a peut-être voulu maquiller la scène de crime pour faire croire cela ?

La question du commissaire n'était juste qu'un test pour voir la réaction de l'officier.

— Cela me paraît peu probable, commissaire, la position du corps semble être bien celle que la personne avait au moment du tir. De plus, l'auteur du crime n'aurait pas rangé les vêtements de la manière où on les a trouvés.

Le commissaire hocha de la tête.

— Bien ! Allons voir cela de près.

Dans le couloir, ils croisèrent Nakache porteur d'une poche plastique contenant une bouteille de bière et deux capsules.

— Alors, Nakache, des trouvailles ? fit le commissaire.

— Oui. Notre homme étendu là-dedans devait connaître son visiteur, ils ont bu une bière, chacun. En voici une, l'autre est introuvable alors que j'ai deux capsules. Le meurtrier a vraisemblablement emporté l'autre bouteille pour ne pas laisser de trace d'ADN. Nous avons affaire à un malin, Monsieur le Commissaire.

— Peut-être, continuez à chercher. Qu'avez-vous, Nakache, vous êtes tout pâle ?

— C'est l'odeur, j'ai du mal à m'y habituer.

— Ne vous inquiétez pas, ç'a été pareil pour moi, ça va passer, vous verrez.

Rioti rentra dans l'appartement. Le corps était toujours à sa place. Il souleva délicatement le coussin : deux trous béants sur le côté de la tête de la victime donnaient une idée des dégâts provoqués par l'arme du crime. Toujours sans rien dire, il fit le tour des pièces, puis sortit, suivi de Bertault.

— On connaît l'identité ?

— Oui. Il s'agit de Didier Carvhallo. Nous avons retrouvé des quittances de loyer assez anciennes qui nous font penser qu'il vivait ici depuis longtemps.

— Carvhallo ? Le nom ne me dit rien. Vous regarderez s'il a un casier.

— OK.

Le commissaire descendit les marches du perron d'entrée et s'apprêtait à monter dans sa voiture quand un adolescent maigre et dégingandé l'apostropha.

— Hé, M'sieur, j'pourrais vous parler ?

Le commissaire, intrigué, s'approcha, suivi de Bertault.

— Oui, jeune homme, nous t'écoutons.

— Ben voilà, mais je ne voudrais pas qu'on sache que c'est moi qu'a dit ça. J'veux pas d'emmerdes.

Le commissaire comprit tout de suite la situation.

— D'accord. Comment t'appelles-tu ?

— Nabil.

— Bien. Je m'appelle Rioti, je suis commissaire de police. Tu vois quel genre de personnage je suis ?

— Oui, M'sieur, j'ai vu tous les *Maigret* chez mon grand-père à la télé.

— Bon alors, tu peux me faire confiance. Dis-moi ce que tu sais, nous on fera en sorte que personne ne sache d'où sont venues ces informations.

— Parole que vous ne direz rien ? fit le gamin, apeuré.

— Tu as ma parole d'officier de police, fit le commissaire.

— Ben voilà : y à huit jours, on jouait au foot en face, avec Mustapha, Karim et les autres. À un moment, j'ai vu arriver une voiture grise, le mec qui vit là est descendu, celui qui conduisait aussi. Ils sont rentrés dedans. Je me suis approché de la voiture. C'était la même que mon grand frère : une Clio 16S, celles qui marchent d'enfer. Sauf que celle-là, elle avait les jantes en alu comme celles que cherche mon frangin, il aurait été trop content s'il avait pu les avoir. Je…

Le commissaire coupa la diatribe du jeune homme.

— Merci Nabil, mais tu n'as pas fait attention aux numéros de la voiture, par hasard ?

— Ah non. Je n'y ai pas pensé.

— Pas grave. C'est tout ce que tu as vu ?

— J'ai vu le chauffeur de la voiture, aussi.

L'intérêt porté au gamin par les deux policiers redoubla.

— Tiens, tiens, et il était comment ce chauffeur ?

— C'était un mec pas jeune, bien sapé, grand.

Le commissaire tapa amicalement l'épaule du gamin.

— Merci, Nabil. C'est très courageux ce que tu as fait. Tu peux aller, maintenant.

L'inspecteur Nakache descendait les marches du perron quand il vit le gamin passer devant lui en courant.

— Qu'est-ce qu'il a celui-là ?

— Il vient de nous donner un bon tuyau, on a peut-être une piste.

— Eh bien, moi aussi, fit-il en tendant à hauteur des yeux deux sacs contenant une poudre blanche

— Cocaïne. Au moins huit cents grammes.

— Parfaits, Messieurs, nous avons du pain sur la planche !

À la fin de la journée, les deux inspecteurs retrouvèrent leur bureau. Akim, émoustillé par sa première affaire sérieuse, ouvrit le dossier sur son bureau et se désola.

— Ah oui, c'est vrai, il y a aussi cette histoire de PV, la préfecture est fermée à cette heure-ci, on verra ça demain.

— T'as raison, fit Bertault, passe le moi, je le mets au coffre, on sait jamais.

En voulant passer le dossier, Karim en fit tomber une feuille, la ramassa et la tendit à son collègue. Bertault regarda la photographie faite par le radar et resta sans voix.

— Qu'est-ce qu'il y a ? Tu n'as jamais vu de photo de radar ?

— La voiture, là. C'est une Clio 16S

Akim vint au bureau de Bertault.

— Ben oui, et alors ? Y en a eu des tas, enfin, des 16S pas trop.

— Le gamin qui nous a parlé, ce matin, il a affirmé qu'il avait vu la voiture du meurtrier. C'était une Clio 16S grise métallisée.

— Et sur ta photo, elle est gris métallisé ?

— Oui et elle est immatriculée dans notre département.

Akim resta un moment silencieux.

— T'es sérieux ?

— Oui. J'appelle Rioti.

Chapitre 18

Jacques était de plus en plus fatigué. Le matin, cela allait bien, mais l'après-midi, il restait couché une bonne partie du temps. Les douleurs, fulgurantes, revenaient à intervalles réguliers. Inconsciemment, il les notait. Jacques, fasciné par son cancer, n'en avait plus peur. L'horrible chose, la « longue maladie » comme l'on voyait tous les jours dans les avis de décès, était en train de le transformer. Or, une transformation, un changement ne se fait pas sans qu'un monde, un aspect, une vue de l'esprit disparaisse pour laisser place à un autre. Jacques savait que le néant l'attendait, son cancer n'était qu'un ticket d'entrée pour autre chose, un passage obligé vers une autre chance. Mourir seul avait été son souhait dès qu'il était sorti du cabinet du cancérologue. Avant que Marie ne parte, avant tout ça, il détestait faire de la peine aux gens. *« Trop bon, trop con »* lui avait dit un jour le président. La phrase était restée, mais Jacques n'avait jamais pu se résoudre à devenir méchant pour de bon. Le cancer, la certitude que le clap de fin allait arriver plus tôt que prévu avaient fait sauter chez lui les solides verrous de ses inhibitions. Tout en circulant dans la maison, vaquant à des tâches diverses, il se dit qu'il ne regrettait rien, sauf une chose, c'était celle d'avoir été odieux avec Marie, après qu'elle eut perdu cet enfant qu'elle attendait. La joie d'être enceinte une troisième fois ne dura que trois mois, une épouvantable fausse couche vint anéantir les espoirs de maternité du couple. Énervé par une journée à problèmes, enivré, il avait insulté Marie en traitant son ventre de cimetière où ne poussaient que des mauvaises herbes, ils s'étaient ainsi disputés jusqu'à tard dans la soirée, au point que Marie décida de faire chambre à part pendant quelque temps. Jacques, le lendemain, ayant compris l'immensité des dégâts qu'il avait commis, resta quelques jours chez lui, le temps de faire le point. Marie revint un soir dans la couche conjugale, ayant pardonné et à nouveau amoureuse, Jacques l'accueillit avec tendresse.

Il fit le tour de la maison, tout était rangé, parfaitement ordonné. Suhu, la femme de ménage devrait arriver dans une heure, ce qui laissa à Jacques le soin de prendre quelques notes sur son ordinateur. Il consulta la liste de choses à faire, cachée dans une icône banale sur son écran. Se rendre à sa banque. Faire quelques courses. Ne pas oublier d'envoyer le chèque de la facture d'eau. Il décida d'aller à sa banque, les courses après s'il en avait le courage, sinon, il ferait appel à l'épicier du coin, le pourboire royal qu'il avait l'habitude de laisser au livreur ferait accélérer les choses. Jacques ouvrit doucement la porte d'entée, regarda la rue en tout sens, le lieu était désert. Il referma la porte, cala le Beretta dans son dos et sortit.

Arrivé devant l'agence HSBC où Jacques possédait tous ses comptes bancaires, il attendit dans son 4x4 qu'il n'y ait plus personne dans l'agence. Une fois rentré, tout en se dirigeant vers le comptoir d'accueil, il jeta un coup d'œil circulaire sur les lieux. Trois caméras le fixaient, inexorablement. Deux employées discutaient dans un bureau, une secrétaire passa dans un couloir, Jacques eut le temps de remarquer la minijupe ultra-courte et des escarpins frappant le sol blanc crème parfaitement ciré. Il s'approcha du comptoir, un tout jeune employé lui demanda ce qu'il voulait. Jacques considéra que, vu son âge, la personne qui lui faisait face en était sûrement à son premier emploi, il se mit à sourire : il serait une victime parfaite.

— Ouvrez votre tiroir, mettez l'argent devant moi, vite.

Le ton ne permettait guère le choix. L'employé devint blême, sa main se dirigea vers le tiroir. Jacques l'arrêta dans son geste.

— Mais non, jeune homme, c'est une blague, est-ce que Monsieur Guérin est ici ?

L'employé, soulagé, prit son téléphone, parla un instant et reposa le combiné.

— Il arrive tout de suite, Monsieur.

Effectivement, Charles Guérin arriva, courant presque : des clients comme Jacques, ayant plus d'un million d'euros en banque, il n'en avait pas tant.

— M. Riché, il y avait longtemps ! Qu'est-ce qui vous amène chez nous ?

Guérin se retourna et scruta le guichetier.

— Qu'y a-t-il, Paul ? Vous êtes tout pâle.

— Ce n'est rien, je lui ai fait une vilaine blague, fit Jacques, rigolard.

— Ah, c'est ça, tant mieux, alors.

Une fois rentré dans le bureau, la porte assurément fermée, les rapports entre les deux hommes se modifièrent nettement.

— Dis-moi, Jacques, j'aimerais bien que tu arrêtes de terroriser mes jeunes employés au guichet. Nous avons des consignes strictes, s'il avait déclenché l'alarme hold-up, il aurait fallu que tu t'expliques avec la police. Ils n'auraient pas apprécié la blague, eux.

Jacques réalisa maintenant à quel point il était passé tout près de la catastrophe.

— *Mea culpa*, Charles, promis, je le ferai plus.

— Merci. Qu'est-ce qui t'a fait venir ici ?

Jacques sortit une liste de sa poche et la posa sur le bureau.

— Tu vas me faire les changements qui sont sur ce papier.

Charles Guérin prit la liste, sembla la lire et la reposa sur le bureau.

— À ta guise. Puis-je savoir pourquoi un tel changement ?

— Si je te le dis, tu le garderas pour toi ?

— Jacques, cela fait trente ans que l'on se connaît. La blague de tout à l'heure, je l'ai subie aussi. Tu as une façon de faire, c'est terrible, on dirait du vrai.

— J'ai un cancer en phase terminale. Il me reste deux mois à vivre au maximum.

Le sourire commercial et permanent de Guérin disparut instantanément, il en lâcha son crayon.

— Quoi ? Tu es frais comme un gardon.

— C'est ça. Tu viens chez moi dans trois heures et tu verras dans quel état je suis sans mes médicaments.

— Et ta femme, les gosses, ils prennent ça comment ?

— Ils subissent comme ils peuvent. Ce qui me chagrine le plus, c'est que je ne verrai pas mon petit-fils.

— Ah bon ? Tu vas être grand-père ?

— Oui, Matthieu et Fhella. Elle est enceinte de sept mois.

— La famille s'agrandit, la roue tourne, c'est ainsi. Je vais faire comme tu m'as dit.

— Oui. J'ai quelque chose à signer ?

Jacques parapha quelques documents vierges, puis quitta la banque rapidement, sentant que ses médicaments commençaient à ne plus agir sur la douleur. Il quitta la ville, longea la ligne TGV et gara son 4x4 dans un chemin forestier. C'était une belle fin d'après-midi d'automne, Jacques marcha un moment puis obliqua pour s'enfoncer dans la forêt. Ses chaussures de ville n'étant pas vraiment tout-terrain, il faillit se tordre une cheville sur une branche morte. Il regarda autour de lui, personne en vue. « *Ici, c'est tranquille, pas facile à trouver* ». Jacques respira à fond l'air frais du soir. Les dernières pluies et le retour de la chaleur contribuaient à la bonne marche de la décomposition des feuilles jonchant le sol. Il sortit le Beretta, dévissa le silencieux qu'il lança de toutes ses forces vers le ravin et la rivière en bas, puis le chargeur et les balles qu'il lança dans la direction opposée au silencieux. Elles retombèrent doucement dans des petits flocs comme si cela avait été des gouttes d'une grosse pluie d'orage. Il recula doucement la culasse, la repositionna. Sans trembler, il appuya sur la gâchette. Il y eut un bruit métallique, puis le silence. Jacques, satisfait, enterra le pistolet au pied d'un chêne centenaire et regagna sa voiture. Sur la banquette arrière se trouvait la valisette de l'arbalète. Ce fut sur la route du retour qu'il trouva la solution pour sa disparition. Jacques s'arrêta sur un parking isolé où était garée une semi-remorque abandonnée par son tracteur, celle-ci était remplie de voitures compressées en partance vers le recyclage. Avec beaucoup de peine, il parvint à lancer la valise dans la benne. « *Avec un peu de chance, elle sera broyée avec les bagnoles* », sa vengeance était terminée, désormais, il considérait que sa vie était en roue libre.

***

146

Quarante-huit heures plus tard, Jacques se réveilla sans aucune douleur contrairement aux autres jours. Hésitant, il prit finalement son traitement. En fin de matinée, constatant qu'il n'y avait plus d'encre dans ses cartouches d'imprimante et se sentant en bonne forme physique, il décida d'aller en chercher en ville. Arrivé au milieu de la rue Solférino, il s'aperçut qu'il n'avait pas emporté avec lui la référence des cartouches d'encre. Passablement contrarié, il rebroussa chemin, rencontra au bord du trottoir une Yaris noire qui l'intrigua, car il lui semblait avoir vu le même véhicule en face de chez lui quand il avait quitté son domicile. Revenu dans la rue après avoir réparé son oubli, il constata que la voiture avait disparu. Arrivé devant l'hôtel de ville, il décida d'en faire le tour, car une rue adjacente lui ferait économiser du chemin. Quand il fut au coin de la mairie, il se retourna brusquement. La Toyota était là, sortant doucement de la rue où il était précédemment. Il commença à douter de la coïncidence. « *Des flics ? Ils n'ont pas mis longtemps pour me retrouver. Un privé ? Qui aurait intérêt à me faire suivre et dans quel but ?* » Il regretta de s'être séparé du Beretta. Continuant son chemin, il prit une voie piétonne et s'enfonça dans la ville. Sur le chemin du retour, il fut vigilant et bien lui en prit, un homme en jeans et veste noire le suivait depuis un moment. Jacques se mit à ralentir son pas, puis avisant une terrasse de café, il s'installa à une table. Une serveuse passa et revint avec une bière blanche d'abbaye. Autour de lui, les gens passaient, jeunes couples enlacés, heureux ou semblant l'être, jeunes ados rentrant chez eux dans l'espoir d'échapper aux devoirs pour surfer sur Internet ou Facebook, deux filles passèrent, longs cheveux au vent, riantes, insolentes de beauté, follettes. Une vieille, la gueule édentée, porteuse d'un manteau crasseux et un chapeau informe sur la tête, s'approcha de Jacques. L'odeur de crasse et de vin aigre émanant d'elle était si forte que les passants faisaient un détour pour l'éviter. Elle s'arrêta, posa ses deux mains sur sa canne et le fixa. Jacques, intimidé, allait lui demander ce qu'elle voulait quand elle se mit à parler.

— M'sieur, si vous me payez un coup d'alcool, j'ai quelque chose d'important à vous dire.

Jacques, peu dupe du stratagème, l'invita tout de même à sa table.

La serveuse, intriguée, se posa devant la vieille.

— Bonjour, Carmen, qu'est-ce que ce sera ?

La vieille haussa les épaules et cracha :

— Si vous savez qui je suis, vous savez ce que je bois.

La serveuse repartit, vexée et revint avec un plateau, un verre de vin blanc trônant dessus. Sitôt le verre posé, elle le huma, puis le goûta, en experte.

— Mmmh, c'est du bon. C'est le monsieur qui rince, fit-elle en désignant Jacques.

Jacques paya et regarda la vieille siroter son muscadet. Le verre fini, elle se leva, puis se pencha vers Jacques. C'est à ce moment qu'il remarqua le bleu extraordinaire des yeux de la vieille, des mèches blondes dépassaient de son chapeau mou et informe. « *Cette femme a dû être d'une beauté hors du commun.* », pensa-t-il.

— Vous êtes dans une mauvaise passe, monsieur. Dans ces cas-là, il faut retrouver son esprit d'enfant.

Et elle hocha de la tête vers le magasin d'en face. Puis, sans autre forme de procès, elle s'éloigna, reprenant le cours de la foule. Jacques resta quelques secondes immobile, comprit soudainement les mots de la vieille clocharde. Il se précipita dans le magasin de jouets, trouva ce qu'il voulait. La caissière voulut l'emballer, Jacques refusa, « *Un sac plastique suffira* » fit-il. Il retraversa la rue et alla s'asseoir là exactement où il était quelques minutes auparavant. La serveuse revint, il commanda à nouveau une bière. Pris par une envie pressante, il alla aux toilettes du bar et revint à la table. Sa bière finie, Jacques quitta le bar et commença à remonter la rue. L'homme en jeans et veste noire, accoudé contre une entrée d'appartement, voyant Jacques revenir vers lui, referma son portable et sembla s'intéresser fortement aux étalages de chaussures féminines devant lui. Quand Jacques fut au niveau de l'homme, il fit un bond de côté et se colla contre le type qui sentit tout de suite une forme s'enfoncer au niveau de la rate.

L'homme, apeuré, baissa son regard et reconnut dans la main de Jacques un pistolet P38.

— T'es qui et tu travailles pour qui ? fit Jacques, l'air mauvais.

— Je suis un privé et je suis en règle.

Jacques enfonça plus le pistolet. Une grimace de douleur vint sur le visage de l'homme.

— Vous me faites mal.

— Tant mieux. Alors, c'est qui ?

Des passants regardaient bizarrement ces deux hommes presque collés serrés ensemble. Le patron du pressing en face, derrière sa vitrine, commençait à s'intéresser aux événements dans sa rue. Une voiture de police, gyrophare bleu sur le toit apparu au bout de la rue, deux hommes en sortirent précipitamment, les policiers firent quelques pas et rentrèrent dans une bijouterie. Rassuré, Jacques remit la pression sur l'homme.

— Alors, c'est qui ou je te bute.

Le privé devint pâle. Il balbutia.

— Elle s'appelle Marie Godard, elle m'a demandé de vous suivre pour savoir si aviez une maîtresse.

Surpris, Jacques relâcha la pression et mit le pistolet dans sa poche.

— Marie ? Ma femme a osé faire ça ?

— Marie Godard est votre femme ? Ce n'est pas ce qu'elle m'a dit. Selon elle, vous êtes le mari d'une amie, celle-ci voulait savoir si son mari la trompait et avec qui.

— Vous vous êtes fait avoir, mon vieux.

— C'est certain. Pour moi, ma mission est terminée. Il n'empêche que vous m'avez menacé d'une arme à feu.

Jacques ressortit le pistolet et le tendit au détective. Celui-ci le prit et le rendit aussitôt, dépité.

— Un jouet ! Vous m'avez menacé avec un jouet, c'est incroyable.

— Il ne faut jamais se fier complètement aux apparences, monsieur.

Jacques tourna les talons, laissant sur place le privé. Au loin, deux policiers emmenaient un homme menotté qu'ils chargèrent sans ménagement dans leur voiture. Au bout de la rue, il mit le pistolet dans le sac plastique, puis dans une poubelle de rue, vide.

Arrivé chez lui, il appela Marie, mais n'eut que sa messagerie et ne laissa pas de message. « *Elle est en cours. Je rappellerai plus tard* ». Il terminait de lire un passage d'une excellente biographie de Colette quand son portable se manifesta. Voyant le nom du correspondant, il décrocha aussitôt.

— Allô, Marie ?

— Oui, c'est moi. Tu as essayé de m'appeler tout à l'heure, mais j'étais en réunion.

— Je m'en doutais un peu. Je t'ai appelée, car il faudrait que l'on se voie. On pourrait arrêter cette guerre que l'on se fait, essayer de se parler, de se comprendre.

— ...

— Tu es là ?

— Oui, oui, je prenais une chaise pour m'asseoir. Heu, c'est d'accord, mais le problème est que je pars demain en formation à Paris à l'Institut du Monde Arabe. Je ne reviens que dans un mois, ça ira ?

— Un mois ? Bon, j'attendrai. Je te rappellerai à ce moment.

— D'accord, Jacques et merci.

Insidieusement, les douleurs abdominales étaient revenues pendant la conversation. Jacques avala deux cachets, s'aperçut qu'il en avait consommé beaucoup ces derniers temps, il ne lui en restait plus que deux dans sa dernière boîte. En reprenant sa lecture de Colette, il programma une visite chez son médecin pour renouveler son ordonnance.

Le lendemain, un temps maussade régnait sur la ville, c'était l'automne. Les feuilles mortes se ramassent à la pelle, enfin plutôt à l'aspirateur souffleur, engin lourd et bruyant précédant une balayeuse aspirante. La modernité et la performance à tout va avaient pulvérisé le charme des balais faits de jeunes branches d'arbres dont Jacques avait oublié le nom. Il marchait, bien couvert, luttant contre une petite pluie fine, mais pas encore tout à fait froide. Les feuilles de tilleuls tombaient doucement au gré du vent dans un dernier ballet

150

funèbre, une déhiscence faite de marrons, ocre et rouge. Après avoir traversé le parc, Jacques s'engagea dans la rue de la Tranchée. Le nouveau plan de circulation dans la ville laissait perplexes les automobilistes qui ne s'étaient pas aventurés en centre-ville depuis longtemps. Ceux-ci étaient facilement reconnaissables, à leur vitesse lente, aux arrêts à chaque intersection, ils étaient générateurs de coups de klaxon, de cris parfois et surtout d'énervements dans la circulation. Il tourna au niveau de la rue Jean Racine, ses douleurs lui torturaient le ventre. La tentation de prendre ses deux derniers cachets était grande, mais de toute façon, il n'aurait pas pu les avaler, n'ayant pas d'eau à boire sur lui. Ses cachets, il les maudissait un peu, car s'ils étaient redoutablement efficaces, ils provoquaient une constipation sévère, quand il arrêtait le traitement, tout rentrait dans l'ordre, les douleurs aussi. Ce qu'il ressentait, dans le cas présent, semblait être plus fort que d'habitude, il avait l'impression qu'un énorme étau le compressait au niveau de l'abdomen. Jacques s'arrêta et se posa, debout, contre une porte cochère rouge sombre. Tout en priant que celle-ci ne s'ouvre pas sur lui, il regarda la distance qui lui restait jusqu'au cabinet de son médecin généraliste, les cinq cents mètres à parcourir lui parurent insurmontables. Des gens passaient, quelques-uns le regardaient, d'autres, dans leurs pensées ou leurs problèmes quotidiens, cheminaient sans rien voir. Jacques demeura ainsi un bon moment, un guerrier invisible lui enfonçait une lame dans le ventre, doucement, presque avec sadisme. Une pensée fugace vint : « *En finir ici, maintenant, tout est prêt, moi aussi, finissons-en maintenant* » Les paroles de Didier Carvhallo lui revinrent en mémoire, c'était ce qu'il avait dit lui aussi, sans se douter qu'il allait recevoir, quelques secondes plus tard, deux balles dans la tête, mais ici présentement, il n'y avait personne pour l'exécuter de sang-froid, souffrir était son lot. Maintenant, c'était une énorme scie qui le coupait en deux ou un rat monstrueux qui était en train de le ronger de l'intérieur. Son souffle devint de plus en plus court, il commença à glisser jusqu'au sol, puis il retomba sur le côté. Une nausée commençait à venir, son corps refusait cet

151

étranger, cet intrus dans son ventre, cet *alien*. Des escarpins passèrent et disparurent. Le froid du sol lui faisait du bien, il regarda les pavés de la rue, une voiture passa, ignorante. Il se sentait sombrer, mais vers quoi ? La mort ? Jacques ne paniquait pas, la mort est égalitaire, elle est pour tout le monde, sans exception, puissant ou misérable, même destin, il n'y a que le faste autour qui change. « *Mais tout de même, crever ici, je n'y avais pas pensé* ». Ce fut sa dernière pensée, Jacques sombra dans l'inconscience.

Chapitre 19

Le Commissaire se repositionna dans son fauteuil de cuir noir. Parmi la foule d'objets divers qui peuplaient son bureau se trouvait le fameux dossier d'infraction du Code de la route relevé par un radar fixe non loin de Charleville-Mézières. Il restait songeur, la version que lui proposait Bertault était tellement incroyable qu'elle en paraissait trop belle pour être vraie. Même dans la police, le hasard faisait parfois bien les choses, mais cela n'arrivait qu'une fois ou deux dans la vie d'un policier.

— Alors, Bertault, selon vous, le véhicule que nous avons sur la photo prise par le radar serait celui que nous cherchons pour le meurtre de Carvhallo, n'est-ce pas ?

— Oui, Commissaire.

L'officier et son adjoint avaient quelque peu hésité avant d'exposer cette hypothèse devant le commissaire. La probabilité était grande, mais il y avait un risque d'échec. Pour les deux hommes, une question restait en suspens : que faisait donc cette voiture dans cette partie de la France ? Le commissaire eut exactement la même réaction.

— Bon, peut-être que cela ne nous mènera à rien, mais vous allez vous renseigner s'il y a eu des délits graves ou crimes un peu avant la date d'infraction, du côté de Charleville-Mézières. Tenez-moi au courant, exécution !

— Bien, commissaire ! Firent en chœur les deux hommes.

***

Un coude appuyé et sa main droite tenant son menton, Bertault essayait de comprendre quels liens pouvaient unir les documents qu'il avait devant lui sur son bureau. Soudain, il jeta un regard vague sur la pendule de son ordinateur. 19 h ! Le temps qu'il rentre chez lui, le petit sera couché et encore une fois de plus, sans avoir reçu le bisou du soir donné par son papa. Sophie allait encore faire la tête, surtout qu'il avait promis que cette année, il rentrerait plus tôt du travail pour préserver sa vie de famille, pour ce soir, c'était raté. Bertault adorait son métier, mais il aimait encore plus Sophie, sa deuxième femme. Après deux ans de veuvage, il avait rencontré cette jeune brune célibataire un peu farouche, infirmière de son état. Même encore aujourd'hui, il se demandait bien comment il avait pu séduire ces yeux verts, cette longue chevelure charbon, ce corps où aucune imperfection ne venait troubler la sensation de toucher un ange. Depuis dix ans, ils étaient mariés, faisaient l'amour souvent, parfois jusqu'à l'épuisement des corps, au bord de la plus soif de plaisir, puis s'endormaient, emboîtés, soudés par ce lien d'amour charnel. Tout en reposant le combiné du téléphone, il souffla un peu, tout allait bien chez lui, sa chère et tendre épouse papotait allègrement avec une copine du boulot venue en visiteuse du soir. Quand il avait appelé, l'enfant n'était pas couché, situation aisée qui lui avait permis de faire un bisou à son fils par téléphone interposé.

Décidé à rentrer chez lui, il rangea les papiers épars sur son bureau. Le premier sur la pile était une liste d'événements déclarés à la police dans les vingt-quatre heures précédant le flash du radar routier. Bien que la démarche fût anodine, il avait eu mille difficultés à l'obtenir de la part de ses collègues de Charleville-Mézières. Après plusieurs demandes infructueuses, l'inspecteur, sur le conseil du commissaire, était allé voir le commissaire principal et lui avait exposé son problème. Quarante-huit heures plus tard, le fameux papier était sur son bureau. Les événements énumérés sur la feuille devant lui ressemblaient à un inventaire à la Prévert : Trois vols à la roulotte, une tentative de viol sur mineur, un braquage à main armée, trois accidents sur la voie publique, un homicide dans un jardin municipal, ce qui correspondait à peu de choses prés à

154

l'activité d'un commissariat d'une grande ville du Nord. Bertault s'était tout d'abord intéressé au braquage à main armée. Ce fut une impasse, car les protagonistes avaient été arrêtés le lendemain de leur forfait. Puis, il passa au crime survenu dans un jardin public. Selon les enquêteurs sur place, un paisible retraité, veuf et sans histoires, aurait succombé à un tir d'arme très spéciale, la perquisition de la maison de la victime n'avait rien donné, le voisinage n'avait rien vu, rien entendu. Soucieux, le lieutenant referma le coffre d'un quart de tour de poignée patinée par les mains et le temps, puis il mélangea les chiffres des cadrans rotatifs et enfin, retira la clé. C'était un vieux modèle de coffre fort, mais fiable, lui avait dit un spécialiste de la cambriole passé par ici quelque temps plus tôt avant de faire un séjour prolongé au violon. Il s'apprêtait à sortir de son bureau quand il vit un document oublié sur sa table de travail, c'était la fiche de renseignement sur l'identité du propriétaire de la Clio grise flashée sur la route de Charleville-Mézières. Selon le service des cartes grises, ce véhicule aurait disparu de la circulation depuis au moins deux ans, un mystère de plus.

Bien installé dans sa confortable berline, le flic traversa la ville en direction des quartiers moins populaires, aux trottoirs propres et les arbres taillés en art topiaire. Des ombres furtives rentraient chez elles, le col relevé, prouvant que la température extérieure baissait doucement. Une prostituée noire, en short rouge moulant, arborant un maquillage et un rouge à lèvres outrancier, arpentait le boulevard dans l'attente du client. Bertault se demanda quel âge pouvait-elle avoir, dix-huit ans ? Dix-neuf ans ? Maliennes, Somaliennes, Érythréennes, toutes venaient chercher du travail, une vie décente et un peu d'espoir ici, mais comme emploi, c'était pour elles le plus vieux métier du monde, la vie rêvée se transformait en promiscuité dans des appartements de cinquante mètres carrés pour douze filles, quant à l'espoir, faible au départ, il devenait inexistant quelque temps après leur arrivée en France.

Le quartier résidentiel où il habitait était désert comme à l'habitude, sauf les soirs d'été, quand la chaleur baissait un peu, les habitants cheminaient dans les rues, saluaient des voisins qu'ils

155

avaient plutôt l'habitude de rencontrer au centre commercial de la ville que chez eux en short et tongs près du barbecue. Contrairement aux habitations verticales de la banlieue où tout le monde ignorait qui était l'autre, ici, la plupart des habitants savaient qui ils étaient et ce qu'ils faisaient. Quand il était arrivé dans ce lieu, jeune flic tout juste marié avec Géraldine, sa première femme, leur maison venait d'être terminée. Autour d'eux, subsistaient encore des friches agricoles attendant le moment fatidique du géomètre, avec ses petites pancartes orange, qui allait définitivement modifier le paysage. Il gara sa Renault Laguna en face de chez lui. Ayant reconnu la voiture de la meilleure amie de Sophie, il en conclut que celle-ci avait retenu Adélaïde à dîner. Il ouvrit la porte doucement et entra sans bruit, dans le secret espoir de surprendre une conversation où elles parleraient de lui, en bien ou en mal. Il fut déçu, le salon était désert, la cuisine se révéla vide également, les autres pièces aussi. Inquiet, il fit le tour de la maison qui ne donna rien. Il revint à l'intérieur et c'est à ce moment qu'il entendit un rire de femme, franc et spontané. Rassuré, il quitta sa veste, rangea son arme et se dirigea vers l'endroit d'où parvenait la voix. En passant devant une porte, il s'aperçut qu'il avait négligé la salle de bains. Dès qu'il eut ouvert, le bruit de la douche lui parvint distinctement. Il entra doucement pour dire à Sophie qu'il était arrivé et demander s'il y avait quelque chose à faire pour le dîner. Derrière le rideau à fleurs mauves sur un fond blanc, des soupirs et des râles de plaisir arrivaient dans ses oreilles. Interloqué, il resta, quelques secondes, incrédule à ce qu'il entendait maintenant distinctement. D'un geste discret, il entrouvrit le rideau de la douche, le spectacle offert à ses yeux le laissa pantois. Sophie et Adélaïde, nues et enlacées, s'embrassaient sur la bouche avec passion, l'une caressant les seins de l'autre. Le mari de Sophie, flegmatique, ne put que dire :

— Tiens, c'est nouveau, ça… !

***

Seul dans son bureau, l'inspecteur soupira tout en se frottant les yeux pour tenter de se réveiller complètement. C'était peine perdue. Malgré son cinquième café, alors qu'il n'était que neuf heures du matin, il n'arrivait pas à chasser de sa tête les événements qui s'étaient produits la veille au soir. Sa réaction devant la découverte de sa femme flirtant avec une autre femme l'étonnait encore véritablement. Le matin, au réveil, il avait constaté avec soulagement que son amour, sa Sophie était bien là, tendrement collée contre lui. Ne sachant quoi penser, faire ou même dire, il embrassa sa femme et se leva pour se préparer à aller au travail.

Nakache, parti chercher un dossier dans les archives, revint un moment plus tard. Voyant la mine déconfite de son collègue et sentant le terrain miné, il se hasarda à quelques questions prudentes.

— Houla ! Tu as une de ces têtes, mal dormi ?

— …

— Ah ! Je vois que tu es en mode silence. Bon, je prends note. Désolé, je m'y mets aussi, j'ai du taf.

Un silence de pierre tombale s'installa dans le bureau. Seules les ventilations des unités d'ordinateurs prouvaient qu'il se passait quelque chose dans le lieu. Doucement, neurone après neurone, Bertault digérait ou plutôt forçait son cerveau à intégrer et à accepter la réalité. L'amour entre elles, les seins de bakélite de Sophie, poitrine épanouie d'Adélaïde, bouches qui embrassent, aspirent à encore plus de plaisir, qui susurrent des mots inconnus décuplant l'audace et l'exploration vers d'autres territoires de volupté… Toutes ces images, inimaginables auparavant, prenaient désormais tour à tour, une teinte de normalité, une acceptabilité bon teint, voir même une nécessité d'expérience qu'elle voulait vivre *« pour ne pas mourir idiote »*, phrase préférée de certains de ses collègues vantards sur leurs prouesses sexuelles. Bertault regarda autour de lui. Nakache, l'œil en coin, remarqua le changement, mais ne fit pas cas du « réveil » de son collègue. Prudent, il resta plongé dans son dossier.

157

Considérant que tous ses sens étaient maintenant parfaitement opérationnels, Bertault alla laver sa tasse à café et revint se plonger devant le dossier Carvhallo. Le lieutenant était convaincu que le tueur n'était pas venu pour la drogue trouvée dans le double fond du canapé, les résultats du labo avaient été catégoriques, c'était de la cocaïne « prête à l'emploi », celle-ci n'attendait plus que les dealers pour se répandre dans la ville. Carvhallo n'était probablement qu'une « mule », un échelon intermédiaire entre les labos clandestins et les revendeurs. « *Une querelle amoureuse entre homos ?* », cette éventualité l'avait effleuré. Il ne connaissait pas vraiment ce monde, mais les meurtres aussi sauvages étaient extrêmement rares dans ce milieu très particulier. « *Un règlement de comptes entre dealers ?* » La probabilité n'était pas complètement nulle. Bertault, en fin limier de la PJ, sentit assurément que s'il ne faisait pas connaissance plus profondément avec le sieur Didier Carvhallo, il n'arriverait à rien. Après avoir tâté l'épaisseur du dossier judiciaire de son défunt client, l'officier comprit vite qu'il pouvait dire adieu à sa pause de midi et qu'il dînerait tard ce soir. Ce fut effectivement vers vingt heures, dans le silence des lieux désertés, qu'un détail dans le passé de Carvhallo intrigua le flic derrière son bureau. Parmi les différents crimes et délits que la victime avait commis, les débuts de l'aventure judiciaire de l'individu intéressèrent tout particulièrement le policier : alors que Carvhallo avait seize ans et qu'il était scolarisé dans un honorable lycée de la ville, il en fut renvoyé rapidement. « *Pour quelle raison ? Était-ce si grave ?* » La réponse à sa question arriva très vite. Selon les dépositions de témoins, Carvhallo avait organisé un système de racket au sein de l'établissement, jouant les petits caïds de quartier. Mais le petit voyou en herbe avait aussi agressé sauvagement une fille de son école. Devant les dépôts de plaintes successifs et accablants, la police et la justice décidèrent de s'occuper du cas Carvhallo. Extrait manu militari de son école, il passa par le tribunal pour enfants où il se vit notifier un séjour prolongé en institution de redressement en milieu fermé, puis ce fut la case prison pour d'autres affaires. Bertault aimait fouiller dans le

158

passé des victimes. L'enfance, l'école, le quartier où la famille, tout pouvait contribuer à comprendre ce qui s'était passé, pourquoi il ou elle était mort ou quelle raison avait poussé un individu à commettre l'irréparable. Dorénavant, l'inspecteur avait l'intime conviction qu'il tenait quelque chose de fragile, mais présent ; il allait devoir aller à la pêche aux informations et pas plus tard que le lendemain.

160

Chapitre 20

Jacques ouvrit les yeux et sentit immédiatement la brûlure de l'intensité de la lumière qui le blessait. Il se sentait plongé dans une atmosphère blanche, sur des draps blancs, posé sur un lit raide qui avait un parfum de propre. L'aiguille plantée dans son bras lui fit mal tout d'un coup, puis la sensation disparue aussi vite qu'elle était venue. Un bip, tout proche, lui fit tourner la tête. « *Un monitoring, mais où suis-je donc ?* » Il resta un moment ainsi, se sentant branché, surveillé, épié, peut-être. Aucune douleur ne se manifestait, juste un sentiment de flottement, presque de bien-être.

— Une chambre d'hôpital, murmura-t-il, inquiet.

Il y eut un autre bip, différent du premier. Jacques ignorait que l'appareil à côté de lui venait d'entrer en communication avec un serveur situé à une dizaine de mètres plus loin, dans le bureau des infirmières. L'appareil, dernier cri en la matière, avait constaté un changement d'état du patient qu'il était chargé de veiller, vigilant, il effectua sa tâche et reprit son rôle en silence.

Pauline, une des infirmières du service, couvrit soigneusement sa patiente, lui demanda si elle voulait autre chose. Devant la réponse négative de la vieille dame, elle s'apprêtait à sortir de la chambre quand elle ressentit une discrète vibration dans sa poche. Elle referma la porte doucement et sortit le petit appareil vrombissant. À la lecture de l'écran, elle passa en mode communication.

— Jeanne ? C'est Pauline. Tu es où ?

— À la pharmacie, je remonte, je serais là dans une minute. Que se passe-t-il ?

— Le Monsieur de la 707 s'est réveillé, j'y vais.

— OK, j'arrive.

Jacques entendit le bruit feutré d'une porte que l'on ouvre. Une petite jeune femme brune aux cheveux courts, le visage auréolé de lunettes cerclées de noir, se présenta près du lit de Jacques. Celui-ci la regarda un moment sans comprendre, ne parvenant pas à saisir complètement la réalité de l'instant.

— M. Riche, vous m'entendez ?

D'un geste expert, elle contrôla les pupilles et pris les mains de Jacques.

— M. Riche, est-ce que vous m'entendez ? Si oui, serrez mes mains, allez-y.

La réaction de Jacques parut la satisfaire, car elle se mit à s'intéresser aux cadrans de l'appareil devant elle. La porte s'ouvrit de nouveau, ce fut une jolie blonde filiforme au visage doux, mais fatigué, qui entra, elle eut le même intérêt pour Jacques.

— M. Riche, dites-nous quelque chose, vous m'entendez ?

Jacques, qui observait depuis un bon moment le manège des deux jeunes femmes, attendit que l'on ne s'intéresse plus à lui pour s'exprimer.

— Riché, Mesdames, c'est Riché, mon nom.

Les deux infirmières se retournèrent ensemble.

— Ah ! Voilà ! Bienvenue parmi nous, M. Riché. Comment vous sentez-vous ? Fit la brune.

Jacques mit un temps long pour pouvoir répondre à la question, ayant la désagréable impression que son esprit tournait au ralenti.

— Ça irait si je n'avais pas cette sensation de flotter entre deux eaux. C'est très bizarre.

Les deux infirmières se mirent à sourire.

— Ce sont les antalgiques que l'on vous a administrés jusqu'à présent qui vous donnent cette sensation. Ne vous inquiétez pas, cela passera. Avez-vous besoin de quelque chose ?

— Oui, une carafe et un verre d'eau. Au fait, je suis ici depuis combien de temps ?

— Vous êtes arrivé ici il y a quatre jours, vous étiez mal en point.

162

Jacques resta silencieux puis fit un « merci », discret.

Pauline et Jeanne longèrent le couloir avant d'entrer dans le bureau des infirmières. Quelques minutes plus tard, Jeanne récupéra son café dessous le bec de la Senséo et vint s'asseoir dans le fauteuil qui servait d'habitude aux infirmières de nuit. Aucune d'elle n'avait prononcé un mot depuis leur sortie de la chambre 707. Aucune des deux ne voulait entrer dans le vif du sujet, ni même évoquer ce qu'elle venait de voir. Elles n'ignoraient rien, car le médecin régulateur des urgences n'avait pas pris de gants pour leur annoncer que le cancer de ce malade était un des plus foudroyants parmi ceux qui existent aujourd'hui. Quelques jours, tout au plus, tel avait été son verdict. Dans le bureau, ce fut Pauline qui brisa le silence.

— On est ensemble, la semaine prochaine ?

— Oui, ma belle, en horaires de jour.

Un biper se mit à s'agiter dans la poche de Pauline. Après l'avoir extrait, elle se mit à rire, nerveusement.

— Tiens, le coussin de Mme Guérini est sûrement encore tombé, j'y vais.

***

Jacques marchait à présent dans une forêt de chênes et de châtaigniers. Cette forêt, il la connaissait. Bien des fois, avec son grand-père Arthur, il avait parcouru les chemins, repéré les numéros aux carrefours pour éviter de se perdre. Le vieil homme connaissait tous les sentiers, les endroits à champignons quand l'automne était là. L'hiver, il nourrissait les chevreuils avec du foin en surplus, donné par les agriculteurs environnants avec qui il entretenait d'excellentes relations. Jacques marchait sur les feuilles mortes qui tombaient doucement, sans bruit. Il regarda autour de lui, il était seul. Le vieux garde qu'avait été son grand-père ne pouvait être présent, celui-ci ayant disparu depuis des décennies. Son pas allait sans effort, léger, une force le poussait vers quelque chose, un endroit, un lieu peut-être, il n'en savait rien. Le but de sa marche lui importait peu, ce qui l'inquiétait le plus, c'était le silence absolu autour de lui. Pas un oiseau, pas un insecte, ni même le vent ne se manifestaient, tout semblait pétrifié, figé. Jacques arrêta doucement sa progression, une étendue de fougères ondoyantes se trouvait devant lui. Il regarda en tous sens, les plantes bougeaient en harmonie, identiques à des vagues océanes. « *Par quel procédé ces plantes bougent-elles ?* ». Sa réflexion ne dura guère, un autre centre d'intérêt vint à lui. Au-delà des fougères, il venait de découvrir qu'il y avait une route. Jacques reprit son chemin, presque malgré lui. À chacun de ses pas, les plantes semblaient s'écarter sur son passage et parvint facilement jusqu'à un énorme chêne remarqué auparavant. Tout à coup, le vent reprit son souffle, un geai passa en criant pour s'enfuir vers une pinède vert sombre. Jacques s'appuya contre l'arbre, cherchant inconsciemment sa protection. Un bruit de métal traîné sur le sol se fit entendre, puis le silence. Le bruit revint, un silence, à nouveau le bruit, se rapprochant cette fois-ci. Caché derrière son arbre, il comprit instinctivement qu'il ne fallait pas bouger, ne pas manifester sa présence, il se plaqua contre l'écorce et attendit. Le bruit, strident, vrillait douloureusement les tympans de Jacques. Penchant doucement sa tête, il vit un lent défilé d'inquiétants personnages porteurs de bures sombres, encapuchonnés comme des moines et enchaînés les uns aux autres, tels des bagnards se rendant à leurs lieux de supplices. Personne ne les gardait, ces pauvres hères cheminaient seuls vers un destin assurément funeste. Avec soulagement, Jacques constata que l'étrange file s'éloignait doucement. Le dernier enchaîné avait, par sa position, un avantage indéniable par rapport à ses compagnons de misère, il n'avait qu'une seule chaîne aux pieds. Celui-ci se retourna brusquement, son capuchon tomba sur ses épaules. Jacques, derrière son arbre, esquissa un geste de recul devant ce qu'il voyait. Les deux trous béants dans le crâne de l'individu lui firent comprendre à qui il avait à faire. « *Carvhallo !* » Le spectre leva la tête vers la cache de Jacques, savait-il qu'il était là ? Le visage ravagé par le calibre 45, il ouvrit la bouche.

« MAUDIT SOIS-TU, JACQUES RICHE, BIENTÔT, TU BRULERAS COMME MOI, EN ENFER ! »

Jacques s'éloigna de son arbre et commença à reculer. Une branche en travers le fit chuter en arrière, la nuit tomba instantanément, des lucioles volantes tournaient autour de lui. Il ouvrit les yeux, une lumière s'estompait, un bruit de porte qui se ferme, puis plus rien, sauf le ronronnement doux du monitoring inlassablement en éveil. Jacques soupira de soulagement, puis pleura longuement avant de sombrer dans un sommeil profond, heureusement, sans rêves.

***

Tout en priant le ciel qu'il ne se fût pas trompé, Bertault frappa deux fois avec le valet en fonte sur la majestueuse porte d'un hôtel particulier au cœur de la ville. Arriver jusqu'ici avait été périlleux, il avait dût user de ses relations privilégiées dans l'administration de l'Éducation nationale, pour obtenir l'organigramme du personnel concernant le lycée où avait été scolarisé Didier Carvhallo. De plus, il était de mauvaise humeur, car une contractuelle pointilleuse avait lourdement insisté pour lui coller un PV de stationnement illicite sur le trottoir du boulevard. De rage, Bertault avait sorti son gyrophare réglementaire, montré sa carte d'officier de police et était prêt à sortir son arme de service quand la contractuelle, comprenant enfin à qui elle avait à faire, battit en retraite vers une rue adjacente. Un interphone grésilla à côté de lui, une voix de femme en sortit.

— Bonjour, c'est pour quoi ?

Le policier s'approcha.

— Bonjour, Madame, je suis le lieutenant Bertault de la police judiciaire, est-ce que je pourrais rencontrer M. Martinon Henri, s'il vous plaît ?

— La police ? Je vous ouvre.

Un bruit de serrure électrique se fit entendre, l'officier poussa le lourd battant et se retrouva dans un couloir débouchant une dizaine de mètres plus loin dans une sorte de cour carrée envahie de pots de fleurs en tous genres, géraniums rouges et roses, camélias rose pâle, citronniers aux

165

feuilles foncées, hortensias bleu ardoise et puis d'autres plantes qu'il ne connaissait pas. « *Sophie serait là, elle serait folle de joie en voyant ce jardin* » Une voix âgée le tira de sa réflexion. Devant lui se trouvait une petite femme au chignon impeccablement fait, habillée d'un chemisier blanc et jupe droite noire qui semblait toute droite sortie d'un roman de Simone de Beauvoir. L'air déterminé, elle regardait le policier comme une sorte d'intrus dans son monde feutré et loin des turpitudes de la ville.

— Oui, lieutenant comment, déjà ?

— Bertault, Madame.

Le flic sortit sa carte. Celle-ci fut scrutée attentivement.

— Dites-moi ce que vous voulez à mon époux, inspecteur.

« *Ah, c'est la maîtresse de maison, ça ne doit pas être marrant tous les jours, avec elle !* »

— Je voudrais parler avec votre mari sur une affaire qui s'est produite il y à très longtemps, quand celui-ci était encore surveillant général au lycée Victor Hugo.

La vieille dame fut surprise.

— Le lycée ? Mais mon mari est en retraite depuis bientôt trente ans, je doute fort qu'il se souvienne de quoi que ce soit.

— On pourrait peut-être essayer, Madame, cela ne prendra que quelques minutes.

La femme parut réfléchir un instant puis, pour la première fois, se mit à sourire. Bertault comprit qu'il avait gagné.

— Alors, allons-y, suivez-moi.

La vieille dame et son visiteur passèrent une porte vitrée peinte en blanc cassé aux carreaux de verre filé, en vogue dans les années trente, s'en suivit un dédale de couloirs, traversèrent une cour pour finalement déboucher dans un jardin intérieur, arboré, fleuri, d'où émanait le calme et la sérénité. Bertault s'arrêta un instant, pétrifié par ce qu'il voyait. « *Un Séquoia, ici, en pleine ville* « La maîtresse de maison, s'étant aperçue qu'elle n'était plus suivie, revint sur ses pas.

— Il est beau, n'est-ce pas ?

— Magnifique, Madame.

Ils reprirent leur chemin. Sur le perron en pierre, elle fit un arrêt et en se retournant vers l'inspecteur, ajouta :

166

— Autant que vous le sachiez : mon mari est un peu sourd, n'hésitez pas à parler fort.

Bertault acquiesça.

La maison, construite antérieurement au grand arbre, n'avait été que peu touchée par les ravages du temps. Le style Renaissance apportait de la majesté à la demeure, témoignant une certaine aisance financière de ceux qui avaient décidé de la bâtir. Ils pénétrèrent par un petit vestibule où le policier laissa sa veste en cuir fauve. Après avoir traversé un salon entièrement meublé dans une inspiration japonaise, ils entrèrent dans une pièce plus modeste, agencée avec goût et raffinement. Quelques tableaux aux murs attirèrent Bertault qui reconnut un Mondrian, puis un Matisse. Il s'arrêta devant une autre toile, n'en croyant pas ses yeux.

— C'est un Watteau, n'est-ce pas ?

— Tout à fait exact, Monsieur, vous vous y connaissez en art ?

— Pas du tout, j'ai vu ce tableau ailleurs, quelque part, je ne sais plus où.

La vieille dame eut un sourire facétieux.

— Peut-être l'avez-vous vu au grand musée de la ville, nous en prêtons, quelquefois.

Bertault comprit maintenant pourquoi la maîtresse de maison avait pris des précautions avant de le faire rentrer dans les lieux. Une véritable fortune dormait ici : tableaux de maîtres, meubles précieux, tapis de grande qualité, livres rares dans une immense bibliothèque couvrant un mur en entier. Dans un fauteuil Louis XV dormait un homme chauve, la tête tombée sur le côté. Sous la couverture au motif écossais dépassaient les jambes d'un pyjama gris perle et des Charentaises rouges. Tout doucement, la vieille dame s'approcha et tapota l'épaule de l'homme endormi.

— Henri, réveille-toi, un monsieur est venu spécialement pour te voir.

Le vieil homme s'agita, redressa la tête, scruta la pièce en tous sens.

— Hein ? Qu'est-ce qui se passe ? Ah, c'est toi Amélie, mais, qui est ce monsieur ?

— C'est un lieutenant de police, il a des questions à te poser.

Le vieil homme fixa Bertault, le regard peu assuré.

— Venez vous asseoir près de moi, lieutenant et dites-moi ce qui vous amène ici. Vous êtes le premier policier à pénétrer en ces lieux depuis 1944, et encore, ceux qui sont venus ici même n'étaient pas animés par de bonnes intentions, ce qui n'est pas votre cas, n'est-ce pas ?

Bertault répondit positivement et pris une chaise, la plaça près du fauteuil de son interlocuteur. Le visage du vieil homme lui rappelait quelqu'un, mais il ne voyait pas qui. Il mit de côté cette question et se concentra sur le motif de sa venue.

— Monsieur Bertault, voulez-vous un café ou un thé ou simplement quelque chose à boire ?

Il tourna la tête vers la voix.

— Un café, je veux bien, merci.

La maîtresse de maison disparut vers l'office.

Bertault était prudent. Sa démarche, cautionnée du bout des lèvres par le commissaire, pouvait apporter des éléments à l'enquête ou ne servir à rien. Tout dépendait de l'attitude qu'il aurait avec la personne en face de lui.

— M. Martinon, je tiens à vous préciser que c'est de ma propre initiative que je suis venu vous voir. Si vous le voulez bien, j'aimerais que l'on parle de l'époque où vous étiez surveillant général au lycée *Victor Hugo*. Vous souvenez-vous de cette époque ?

Martinon broncha un peu.

— Mais oui, je me souviens. Je suis rentré dans ce lycée le 5 septembre 1954 et en suis sorti le 30 juin 1984. Trente années de carrière, cela devient rare de nos jours. De quelle époque voulez-vous parler ?

— 1972 à 1973 et d'un certain Didier Carvhallo.

À l'évocation du nom de Carvhallo, les yeux du vieillard s'allumèrent un instant.

— Carvhallo, vous dites ? Ce nom me dit quelque chose, mais c'est vague. Que savez-vous sur lui ?

Bertault exposa doucement les informations qu'il possédait. De temps à autre, Martinon approuvait de la tête. Doucement

168

et sans bruit, Mme Martinon posa un plateau garni de tasses à café, une cafetière et un sucrier, sur un guéridon près du fauteuil. Celle-ci informa ensuite qu'elle se tenait dans la pièce d'à côté et qu'il suffisait de l'appeler pour qu'elle vienne de suite. Quand elle fut partie, Bertault reprit et termina son récit.

— Didier Carvhallo, c'est ça ?

— Oui, Monsieur Martinon, c'est bien ça.

Le vieil homme prit une inspiration, sembla rassembler ses souvenirs et fixa le policier, occupé à se servir un café. Il tenta d'en proposer, mais n'obtint qu'un refus poli. Martinon se retourna avec une aisance qui surprit Bertault, le vieux bonhomme se pencha pour faire une confidence.

— Ma femme dit partout que je ne suis qu'un vieux gâteux, mais c'est faux. Le véritable problème, quand on arrive à quatre-vingts dix ans, c'est que les amis se raréfient et on va plus aux enterrements qu'aux mariages. Ici, il se passe des semaines sans que quelqu'un vienne, je suis content que vous soyez là. Pour Carvhallo, je vais vous raconter, celui-là, je ne l'ai pas oublié !

Il se remit d'aplomb dans son fauteuil, tandis que Bertault sortit un carnet et un crayon.

— Didier Carvhallo, comment aurais-je pu oublier cette petite crapule venue de la ville d'à côté ? À cette époque, les deux villes ne se touchaient pas vraiment, mais il y avait déjà une rue des Deux Communes. Le maire de la ville jouxtant la nôtre avait un problème. Dans des logements insalubres et vétustes vivaient cinq familles qui ne subsistaient que par des revenus sociaux, sauf Janine Carvhallo, qui avait un emploi de femme de ménage dans différents endroits de la ville. Une rumeur disait qu'elle arrondissait ses fins de mois en faisant le tapin vers le boulevard des Coloniaux. Le maire de la localité alla voir celui de notre ville, l'un avait un quartier insalubre à démolir, l'autre, un HLM vacant. L'accord fut vite trouvé et les cinq familles atterrirent au quartier de la Poudrière. La scolarisation des enfants étant maintenant à la charge de notre ville, les enfants Carvhallo se retrouvèrent à Victor Hugo. Quand j'ai vu arriver cette bande de gosses, j'ai vite compris que des problèmes allaient survenir, je n'ai pas été déçu. Au bout de trois mois, de tous les rejetons Carvhallo, il ne restait plus que Didier dans l'établissement, les autres avaient été expulsés ou redirigés vers des institutions plus appropriées que l'école. Didier était un gamin intelligent et sournois. Rapidement, il sut mettre la cour de l'école en coupe réglée, organisant des petits rackets, terrorisant des gosses plus petits que lui. Mon directeur avait eu beau le rappeler à l'ordre, rien n'y faisait. J'ai eu une fois l'occasion de rencontrer la mère de Didier, c'était une fort belle femme, celle-ci m'avait confié que son travail lui prenait beaucoup de temps et que les gosses étaient souvent livrés à eux-mêmes. Elle m'avait promis, à l'époque, qu'elle essaierait de recadrer son fils. L'a-t-elle fait ? Je l'ignore. Puis, il y eut l'affaire qui déclencha le scandale dans l'établissement. Carvhallo avait trouvé un nouveau terrain de jeux : les filles. Il commença par peloter les fesses des filles les plus grandes, les claques fusèrent, mais il n'en démordit pas. Même Melle Pinault, professeure des sixièmes eut droit aux « faveurs » du garnement. Un passage chez le directeur et le calme revint. Carvhallo, non content de ses exploits, agressa physiquement une gamine de cinquième, arrivée dans l'établissement deux ou trois ans plus tôt. Je me dois de vous dire, sans la blâmer, que c'était une très belle jeune fille, vraiment superbe.

— Que voulez-vous dire par là, Monsieur Martinon ?

— Je veux dire que, physiquement, elle était en avance par rapport aux autres filles de sa classe, elle avait une belle poitrine, des hanches rondes comme une femme, elle affolait tous les garçons du second cycle et rendait jalouses les filles autour d'elle. Un soir, Carvhallo a essayé de la violer, ou tout du moins, tenté de pratiquer sur elle, des attouchements sexuels. Le petit ami de cette fille a bien essayé de régler lui-même son compte à Carvhallo, mais le directeur est intervenu avant. La chose a été suffisamment grave pour que deux gendarmes viennent chercher ce petit voyou.

Le vieil homme s'arrêta, comme pour reprendre son souffle, puis reprit :

— C'est pour une affaire aussi ancienne que vous êtes venu me voir, inspecteur ?

170

— En quelque sorte, Monsieur Martinon, en quelque sorte. Est-ce que vous vous souvenez du nom de cette jeune fille et celui de son petit ami ?

— Écoutez, je n'en suis pas sûr, mais il me semble qu'elle s'appelait Éliane Maupin et lui, c'était Jacques Riché.

***

Bertault, en sortant de la rue d'où il venait, décida sur un coup de tête de ne pas rentrer au bureau, mais d'aller voir une connaissance de longue date. Après avoir longé un grand boulevard, il tourna vers le pont Saint-Cyprien et obliqua aussitôt à droite dans un chemin menant vers des jardins ouvriers. Parvenu jusqu'au fond, il laissa sa Peugeot sous un arbre et s'enfonça dans les bois longeant la rivière. Le policier regarda autour de lui pour voir s'il n'avait pas été suivi, traversa la rivière sur un antique pont de bois et se retrouva sur une sorte d'île où se trouvaient trois cabanes en plus ou moins bon état, dont une était habitée. Son occupant, Gérard, dit « Coluche » à cause d'une vague ressemblance avec le célèbre comique, était surtout un combinard génial. Il n'avait jamais travaillé de sa vie, avait le plus beau jardin du bord de la rivière et toujours de l'argent pour vivre, comme par miracle. Mais c'était surtout, chose intéressante pour le flic qui venait le voir de temps à autre, un véritable connaisseur des quartiers glauques de la ville, il savait tout, avait ses entrées partout. Depuis deux mois, une ancienne prostituée passait le plus clair de son temps chez lui et restait la nuit, parfois. Bertault frappa à la porte, puis s'aperçut qu'il marchait sur une terrasse en bois. « *Cela n'y était pas la dernière fois* ». Au fur et à mesure des années, Gérard avait amélioré cette cabane de pêcheur abandonnée depuis des lustres. Désormais, elle possédait de vraies fenêtres et une porte digne de ce nom.

— Entrez ! fit une voix rauque à l'intérieur.

Bertault entra. Une femme, en peignoir, brossait doucement ses longs cheveux blancs, une cigarette aux lèvres.

— Salut, le flic ! Gérard n'est pas là, il est parti aider Julien à ramasser ses patates, si tu veux du café, il est encore chaud sur la table, sers-toi.

— Non, merci, France, c'est gentil, mais je viens d'en prendre un.

— Comme tu voudras.

Elle se leva, embrassa l'inspecteur et le quitta en passant sa main sur sa joue.

— T'es toujours aussi beau, toi, si j'avais dix ans de moins...

— Mais toi aussi, tu es belle, France, mais tu me connais, j'ai des principes.

La femme quitta son peignoir tout en se dirigeant vers le lit où se trouvaient ses sous-vêtements.

— Je peux sortir, si tu veux.

— Non, reste. Tu sais, dans cette ville, des centaines de gars m'ont vue à poil, que ce soit toi ou un autre, cela ne me dérange plus.

Amusé, Bertault regarda s'habiller cette femme longiligne aux seins hauts perchés, à la taille fine se prolongeant par un fessier au galbe encore harmonieux. Il se demanda comment une telle femme avait pu prendre la décision de venir se réfugier dans un endroit aussi improbable. Ils en étaient à parler philosophie quand Gérard revint de son opération « patates ».

— Tiens, un flic, fit-il en lançant sa veste sur un fauteuil Voltaire délabré et boiteux.

— Salut Gérard. Dis donc, c'est devenu un palais ici.

Gérard alla s'asseoir dans une chaise de camping au tissu orange et marron, très en vogue dans les années soixante-dix, il ouvrit une bière et en proposa une à Bertault qui refusa poliment.

— T'as vu ça ? C'est France qui a tout fait, une vraie fée du logis.

France, qui passait un pull par-dessus son tee-shirt, ronchonna.

— Nous avons fait, Gérard, tu m'as beaucoup aidé.

Gérard entama sa bière sans répliquer.

172

— Au fait, qu'est-ce qui amène l'inspecteur dans notre humble demeure ?

Bertault se mit à sourire sur la rime du propos. France, habillée de pied en cape, s'apprêtait à sortir en ville.

— Bye les hommes, ne buvez pas trop.

Elle referma la porte sur elle, puis soudainement la rouvrit, et envoya un baiser avec sa main vers le lieutenant tout en lui faisant un clin d'œil complice plein de promesses. La porte se referma. Maintenant seuls, les deux hommes semblaient se jauger. Gérard prit une autre bière, mais n'en proposa pas à Bertault. Posément, il l'ouvrit, en but une partie, sans quitter le flic des yeux.

— J'ai l'impression que tu plais à France ou je me trompe ?

— Tu ne te trompes pas. Pour te rassurer, elle me plait aussi, mais je suis assez grand pour savoir où il ne faut pas mettre les pieds, de plus, je ne suis pas ici pour elle.

— Écoute, Johnny, que tu veuilles coucher avec France ne regarde qu'elle, pas moi, mais, s'il te plait, ne le fais pas ici.

— Je te répète que je ne suis pas venu pour elle.

— Alors, que veux-tu de moi ?

L'inspecteur prit une longue inspiration.

— J'aimerais savoir quels sont les bars de la ville où se rencontrent les homos.

Gérard resta un instant interloqué, puis fut pris d'un fou rire qu'il réprima difficilement.

— Quoi ? Tu veux rencontrer des pédés, tu as changé de bord ou quoi ? Sophie ne te suffit plus ? Au fond, cela ne me regarde pas, tu fais ce que tu veux avec ton cul.

Bertault se renfrogna. Gérard cessa de rire, même son sourire disparut.

— Tu es sérieux ?

— Oui, c'est pour une enquête, j'ai un crime sur les bras.

Gérard sembla réfléchir un instant, comme s'il hésitait sur ce qu'il voulait dire.

— Dis-moi, ton enquête, ce ne serait pas pour le mec qui s'est fait dessouder dans le quartier de la Poudrière ?

— Tu ne changeras jamais, on ne peut rien te cacher.

— Je l'ai appris comme tout le monde, par les journaux. Il dealait, n'est-ce pas ?

— Exact. Pourquoi ne m'as-tu pas appelé ?

— Parce que, primo : je ne savais pas que c'était toi qui avais l'enquête ; deusio : tu sais où je crèche, il te suffisait de venir.

Bertault approuva.

— OK, Gérard, tu as parfaitement raison. Au départ, j'ai cru qu'il s'agissait un meurtre entre dealers, vu ce que l'on a retrouvé comme cocaïne dans l'appartement. Mais maintenant, je sais que cette affaire est plus tordue que je ne le croyais. Il faut que je sache où était la victime et qui il a rencontré dans les quatre heures avant le crime. La police scientifique a estimé que la mort du type était survenue le 15 octobre dernier entre 19 h et 21 h.

— Les bars gays dans la ville, il n'y en pas des masses. Tu as le *Corcorado*, le *Pimkies*, l'*Hacienda*... Ah non, il n'y a que des filles là-dedans, et puis c'est à peu près tout.

Bertault, dépité, remercia quand même Gérard de s'être creusé la tête. Il allait partir quand ce dernier se rappela quelque chose.

— Attends, il y a aussi un petit bar, discret, il n'est pas loin d'ici, rue de La Trinité. C'est une ancienne tenancière de bordel en Belgique qui tient le café. Elle n'est pas trop regardante sur ce qui se passe dans son bar, je sais que des rendez-vous se donnaient là-bas, il paraît même qu'il y a des chambres en haut, je n'en sais guère plus.

— Merci, je crois qu'elle va être ma première visite.

Gérard se leva serra chaleureusement la main de Bertault avant de sortir.

— Excuse-moi de m'être énervé tout à l'heure, au sujet de France. C'est une chouette fille et je tiens à elle.

— C'est tout à ton honneur et loin de moi l'idée de... enfin, tu vois ce que veux dire.

— Oui, merci.

174

Chapitre 21

La lueur éternelle du ciel était zébrée par la fumée crachée de deux avions de ligne emportant à leurs bords des hommes d'affaires rêvant de chiffres d'affaires et de bénéfices réalisés sur le travail de pauvres types qui jamais ne connaîtraient, ne serait-ce que le dixième, l'opulence de ceux qui les dirigent. Dans les carlingues, il y avait aussi des femmes délaissées par un mari en quête d'une nouvelle jeunesse, des hommes en partance pour une vie meilleure ou moins mauvaise que d'où ils étaient partis.

Jacques, accoudé sur le muret qui surplombait la plage, regardait les deux avions qui allaient se croiser, crucifiant littéralement le ciel bleu d'été de leurs traînées blanches. Quand celles-ci eurent disparu, il s'intéressa à la population qui s'étalait devant lui. C'était une plage familiale, où tous les âges se mêlaient, sans complexe de physique ou de fortune. Parmi les femmes quarantenaires aux seins lourds et des poignées d'amour à la taille, circulaient des adolescentes en bikini, follettes et libres. Au loin se profilait l'arc-boutant d'Étretat, bizarrerie de la nature, sublime perfection photographiée des milliers de fois chaque année. Sur un coup de tête, Jacques était venu ici, emporté par la Triumph TR4 de celui qui le logeait, juste histoire de passer un moment loin de l'usine, du bruit et l'odeur insupportable des produits chimiques qu'il allait retrouver le lundi suivant.

Une jeune femme blonde, vingt ans à peine, lui fit un petit bonjour de la main, comme pour une invitation à la rejoindre sur la plage. Jacques suivit un moment du regard l'ondulation suggestive de son bassin et la finesse de ses jambes qui se croisaient avec grâce dans sa marche sur le sable. La sylphide s'installa sur une serviette, il n'y avait personne autour d'elle. Jacques, tenté plus que séduit, esquissa un pas pour là rejoindre quand il remarqua une autre jeune femme marchant dans sa direction, celle-ci était différente de la première. De taille plus petite, brune aux cheveux mi-longs, la nature l'avait dotée de hanches et d'une poitrine qui ne laissait aucun homme indifférent. Jacques, qui avait déjà oublié son projet premier, espéra que cette beauté allait passer près de lui et ainsi, avoir l'opportunité de l'aborder. Quand celle-ci fut à sa hauteur, il lui décocha un bonjour auréolé d'un sourire enjôleur. La jeune femme s'arrêta, répondit en souriant, puis éclata de rire.

— Jacques ! Qu'est-ce que tu fais ici ?

Le dénommé Jacques resta un instant interloqué.

— Éliane ? C'est toi ?

La brune haussa les épaules.

— Ben oui, c'est moi. Et toi, tu es en vacances dans le coin ?

Jacques expliqua brièvement qu'il travaillait pour l'été dans une usine loin d'ici.

— Moi, je suis venue passer la semaine avec une copine qui habite là. Tu viens, on va s'asseoir sur la plage.

Jacques passa l'après-midi entre Éliane et Justine, la jolie blonde qui l'avait salué un moment avant, sur la plage. Ils se racontèrent leurs vies, leurs amours, les espoirs qu'ils attendaient dans une société de plus en plus individualiste et déshumanisée. Le temps fila vite, le trio ne s'aperçut pas que la plage avait été désertée par les touristes et que le soir tombait doucement. Ils rentrèrent chez Justine. Sa maison, à deux pas de la plage, était en fait une petite résidence secondaire construite pour un couple fortuné dans les années trente. Quarante ans plus tard, l'unique héritier, peu disposé à garder cet encombrant héritage, mit le bien en vente. Les parents de Justine, aisés financièrement, l'achetèrent pour une somme modique au vu des travaux de rénovation pour rendre cette maison habitable que Justine appelait affectueusement « son squat », tellement il y passait de personnes pendant les trois

176

mois d'occupation estivale. Elle y recevait les amis ou amants de passage, couples en tous genres cherchant un coin tranquille pour s'aimer. Ils dînèrent sur les innombrables provisions et conserves fournies par Georgina, la mère de Justine, femme prévoyante et soucieuse du confort de son unique progéniture. Jacques, qui commençait à se demander quels pouvaient être les rapports entre les deux filles, se leva pour prendre congé de ses hôtes, Éliane se leva aussi.

— Tu sais, Jacques, tu pourrais rester dormir ici, il y a de la place.

Justine, qui terminait son verre de rouge, fit oui en désignant l'escalier en bois peint. Un peu gêné aux entournures, Jacques accepta la proposition, ne voulant pas froisser les jeunes femmes en partant comme un voleur. Avant de monter se coucher, ils prirent ensemble une tisane sur la terrasse arrière de la maison. Une nuée de moustiques, attirés par les lamparos, obligèrent le trio à battre en retraite dans la maison.

La lumière éteinte, chacun dans leur lit respectif, Jacques et Éliane continuèrent à discuter.

— Tu as une amie, là où tu habites ?

Jacques, sur le moment, ne sut quoi répondre, puis adopta la franchise.

— Oui, elle est partie en vacances avec ses parents, en Provence.

Un moment passa, seulement troublé par une moto filant dans la nuit.

— Jacques ?

— Oui ?

— Viens…

Sans réfléchir, sans penser, presque sans comprendre, il vint rejoindre Éliane dans sa couche. Après un bref moment de surprise de se retrouver tous les deux, leur premier baiser de retrouvailles fut torride. Ils firent l'amour plusieurs fois, sachant chacun de leur côté que ce serait sûrement leur dernière nuit ensemble. Épuisés, ils se collèrent l'un contre l'autre pour s'endormir. Jacques passa sa main sur le dos d'Éliane, il sentit de longs cheveux soyeux sous sa caresse.

177

Intrigué, il prit une mèche de cheveux, là fit miroiter à la clarté de la lune passant à travers les persiennes en bois, la mèche était blonde, Éliane était brune, Justine, blonde, mais avec des cheveux courts. Qui était auprès de lui ? Jacques décida qu'il tirerait cela au clair le lendemain matin.

***

La clarté naissante du jour réveilla Jacques. Le plafond blanc et l'atroce douleur dans le ventre, lui rappelèrent rapidement où il était. Il regarda son flacon de perfusion. Vide. Des bruits dans le couloir annoncèrent sur une visite prochaine des infirmières. Il n'y avait qu'à attendre, encore attendre, ne rien pouvoir faire d'autres que cela. Dans une vague conscience, Jacques aurait aimé savoir si ce qui s'était passé avant qu'il se réveille était un rêve ou un souvenir, mais aussi, dans l'hypothèse improbable qu'il s'agissait d'un souvenir, qui pouvait donc être cette jeune femme blonde avec qui il aurait passé la nuit.

Chapitre 22

Bertault laissa sa voiture dans le boulevard qui longeait la rivière. Il remonta la rue St Paul, trouva l'impasse de la Trinité. « *En toute logique, la rue de La Trinité devrait être plus haute.* », sa pensée eut son exactitude cent mètres plus loin. Il bifurqua à droite, remonta un peu la rue et faillit rater la façade lépreuse du vieux troquet, tellement celle-ci était fondue dans le paysage alentour. Malgré la fin octobre, la porte du bar était grande ouverte. Il rentra et changea d'époque instantanément. Des bars anciens, il en avait vu, mais comme celui-là, jamais auparavant, Bertault avait la sensation bizarre d'avoir fait un bond de soixante ans en arrière. Tout était d'époque, les tables, les chaises, le zinc, les publicités aux murs semblaient tout droit sortis des « tontons flingueurs ». La patronne, profitant de l'absence de clients, lisait un journal, assise sur un tabouret. Voyant Bertault rentrer, elle resta un instant perplexe, comme si elle avait pressenti qui était véritablement son visiteur. Elle se leva et fila derrière le comptoir. Le lieutenant, surpris par la vélocité de l'imposante patronne, vint s'asseoir sur un haut tabouret en bois.

— Bonjour, Monsieur, qu'est-ce que vous prendrez ?

Bertault estima qu'une bière ne dérogerait pas au règlement.

— Avez-vous de la *Goudale* blanche ?

La patronne, sans hésiter, répondit affirmativement. Alliant sa parole au geste, elle se pencha pour prendre une bouteille dans un frigo sous le bar et posa celle-ci sur le comptoir. Prestement, elle attrapa un verre derrière elle. En lui tendant un antique limonadier à manche de corne, elle chuchota presque :

— Si vous pouviez l'ouvrir vous-même, elles sont particulièrement coriaces. Moi, je ne peux plus à cause de mon arthrose dans mes mains.

Bertault s'exécuta de bonne grâce, tenant à ce que l'ambiance fût détendue quand le flic qu'il était entrerait en piste. Ils parlèrent de tout et de rien, le commerce de centre-ville qui meurt doucement, sa volonté de vendre le café dans quelque temps. Au bout d'une demi-heure, il estima qu'il était temps de commencer les choses sérieuses. Il sortit de sa poche une photo de Carvhallo, ainsi que sa carte de police. Gisèle ne fut pas surprise de la demande du policier.

— Ah ! Je m'en doutais un peu que vous en étiez un, je les sens à deux kilomètres, les gens comme vous. Que ce soit dit en passant, vous faites un métier que vous avez choisi, enfin, j'espère.

Bertault n'aima pas le sourire de la femme. Elle savait sans doute quelque chose, mais le dirait-elle ?

— Rassurez-vous, j'aime mon métier et je l'ai choisi. Alors, vous reconnaissez la personne ?

— Ben oui, c'est Didier Carvhallo. Un bon client, pas toujours raisonnable sur la boisson, mais avec moi, il y a toujours des limites. Je ne le vois plus ces temps-ci, aurait-il fait des conneries ?

L'officier resta discret sur le personnage.

— En quelque sorte. Mais surtout, nous aimerions savoir s'il était ici, le 15 octobre, dans l'après-midi.

Elle prit une grande inspiration pour réfléchir, ce qui eut pour effet de gonfler sa poitrine, deux boutons de son chemisier jadis blanc n'en pouvaient plus tellement la pression était forte cédèrent et allèrent se perdre dans le fond du bar.

— Me voilà bien ! s'écria-t-elle. Je reviens tout de suite.

Quelques secondes plus tard, elle revint effectivement, ses majestueux attributs féminins cachés sous un pull. En la voyant évoluer dans le bar, le flic se souvint de *Jolie môme*, une chanson de Léo Ferré.

— Alors, fit-il, vous souvenez-vous de quelque chose ?

— Le 15 octobre, c'est ça ?

180

— Oui.

— Si mes souvenirs ne me trahissent pas, il me semble que Didier a passé l'après-midi au bar. Je crois qu'il est parti vers dix-huit heures trente.

Gisèle s'arrêta un instant.

— Attendez ! Ça me revient, maintenant. Un client est arrivé, de ceux-là, je n'en vois pas tous les jours. J'ai dû m'absenter quelques minutes et quand je suis revenu, le mec discutait copain comme cochon avec Didier. Ils parlaient du passé, de l'école où ils ont été, je n'ai pas bien suivi, mais oui, c'est ça, je crois qu'ils avaient été à l'école ensemble.

Les derniers mots de la patronne coulèrent comme du miel dans l'esprit du lieutenant qui termina sa bière dans l'espoir qu'il tenait peut-être un nom.

— Qu'avait-il de particulier ce client ?

Gisèle eut une moue gourmande, puis un sourire enjôleur.

— Il était bien sapé et très beau.

— Quel âge, à peu près ?

— La cinquantaine.

Bertault paya sa consommation, laissa un pourboire royal et sortit.

***

Le commissaire regardait Bertault d'un air interrogateur. Ce dernier aurait payé cher pour savoir ce que son chef pensait à l'instant présent. Le rapport qu'il avait fait sur ses recherches de la veille était on ne peut plus clair.

— Selon vous, Bertault, ce Jacques Riché pourrait être l'auteur du crime de la Poudrière ?

— Je n'ai que des faisceaux de présomptions, commissaire, retrouvons cet individu, analysons son emploi du temps, et…

— Votre dossier est pratiquement vide, la juge d'instruction ne vous donnera pas le feu vert pour une perquisition, encore moins pour une garde à vue. Je pense que nous devons accumuler d'autres éléments et faire le point dès que l'on aura de nouveau du concret. D'accord, Bertault ?

Par prudence, il se rangea du côté de son supérieur. Les enquêtes avançaient quelquefois sans que l'on s'en occupe.

— Bien, commissaire.

— Mettez en *stand-by* cette affaire et, avec Nakache, trouvez-moi ce pervers qui fait de l'exhibition à l'école Sainte-Anne : la directrice n'arrête pas de m'appeler pour faire cesser les agissements d'un individu suspect. Voici sa déposition, voyez ce que vous pouvez faire. Il paraît que cette dame fait partie des proches du député-maire de la ville. Discrétion et efficacité, je compte sur vous, n'est-ce pas ?

— Vous pouvez, commissaire, vous pouvez.

Chapitre 23

Sur le parking réservé aux personnels du centre hospitalier, Pauline actionna la fermeture centralisée de sa 3008. Sans se presser, elle slaloma entre des berlines de haut de gamme et des 4x4 autant prétentieux qu'inutiles dans cette portion de la ville et se dirigea vers l'entrée sécurisée des employés. Juste avant de présenter son badge, elle profita encore un peu de la douceur exceptionnelle qu'il y avait pour un mois de novembre. Devoir être huit heures enfermée entre quatre murs sous un plafond de béton commençait à la lasser sérieusement. Plus les années passaient, plus elle regrettait de ne pas avoir obtenu ce cabinet d'infirmière libérale situé au fin fond de l'Aveyron, non loin de Decazeville. Sortie deuxième de sa promo, Pauline avait été convoquée dans le bureau par sa responsable de formation qui avait été informée d'une opportunité dans son département d'origine, elle aurait vu d'un bon œil que Pauline prenne ce cabinet d'infirmière en charge. La jeune diplômée fut emballée par l'affaire, mais malheureusement, son banquier semblait plus intéressé par le physique de Pauline que par son dossier de prêt professionnel. L'affaire traîna et le cabinet fut vendu à une autre. Dépitée, elle intégra une équipe dans ce CHU où elle se rendait tous les jours depuis dix ans. Quelquefois, au plus sombre de sa déprime, elle pensait que, si elle était partie dans le sud, elle n'aurait pas eu ses deux amours : Anthony, son mari et un bout de chou qu'ils avaient appelés Félix, dont ils fêteraient le troisième anniversaire dans deux semaines. Depuis quelques mois, l'envie de faire une petite sœur ou un petit frère à Félix la tenaillait sérieusement, son mari n'avait pas été très difficile à convaincre, amoureux d'elle depuis le premier jour, la première minute où il l'avait vue. Il suffisait que Pauline veuille pour qu'Anthony s'exécute. Depuis, chaque mois, elle attendait, mais rien ne venait. Le désespoir n'était pas encore là, elle avait confiance.

Habillée conformément à sa fonction, Pauline s'entretint un moment avec celles présentes depuis 6 h du matin et qui allaient quitter le service dans les minutes qui suivaient. Les transmissions faites, elle alla retrouver Jeanne, sa coéquipière pour sa vacation allant jusqu'à 20 h. Pauline appréciait cette grande fille rousse aux cheveux flamboyants, toujours réunis dans des chignons artistiques et compliqués. Pauline trouva la jeune femme dans l'office, assise à une table en formica blanc, le regard vide. Le sourire de Pauline s'effaça quand elle vit une larme couler du beau visage de Jeanne et s'écraser sur la table.

— Jeanne ? Ça ne va pas ? Il y a un problème ?

Elle but un peu de son café dans sa tasse Simson' s, s'essuya les yeux et fixa Pauline.

— Jérôme est parti.

La nouvelle pulvérisa littéralement l'optimisme naturel de Pauline. Elle prit une chaise et vint près de Jeanne.

— Quoi ? Comment ça, parti ? Définitivement ?

La rousse haussa les épaules.

— Mais non, il est parti ce matin pour Toronto, en stage durant trois mois.

Pauline soupira de soulagement.

— Ah, c'est vrai, tu m'en avais parlé, finalement, cela s'est fait, malgré tout.

Jeanne termina son café, alla laver sa tasse et rechargea la Senseo.

— Mais tu ne sais pas tout, Pauline.

« *Aïe ! Ça, c'est le deuxième effet Kisscool qui arrive* »

— Je suis enceinte.

Pauline mit sa main devant sa bouche et ouvrit de grands yeux.

— Et tu le sais depuis quand ?

— Ce matin, à 10 h.

Pauline, envieuse, récupéra son café et se rassit, pensive.

— Il est au courant, au moins ?

184

— Oui, je lui ai envoyé un sms, il ne m'a pas encore répondu.

— T'inquiètes, il répondra. T'en avais envie, de ce gosse ?

Un biper résonna dans la poche de Jeanne. Après l'avoir consulté, elle le replaça dans sa poche de poitrine.

— Oh oui, mais ce qui m'emmerde, c'est que Jérôme ne sera pas là pour mes premiers mois de grossesse.

Pauline lui répondit, lapidaire :

— Tu feras avec et puis vos retrouvailles n'en seront que plus belles.

Jeanne resta perplexe sur la phrase de Pauline puis partit vers la chambre qui avait appelé.

***

Pauline consulta sa montre : il était presque dix-neuf heures. Encore une heure et elle rentrerait chez sa mère où était Félix, l'après-midi ou le matin, selon ses horaires de travail. Tournant comme un lion en cage dans le bureau des infirmières, elle avait hâte de rentrer, de retrouver son fils, son foyer, son homme, son lit. Soudain, son biper entra en action. Instinctivement, elle le sortit. La chambre 707 demandait une assistance. Pendant qu'elle se dirigeait vers le fond du couloir, elle essayait de se rappeler qui était l'occupant de la 707. « *Monsieur discret, pas très causant. Cancer de l'estomac, état stationnaire.* » C'était tout ce qu'elle avait en mémoire. Dans l'après-midi, elle était passée le voir, il dormait, elle n'avait pas osé le déranger. Les pontes du service avaient donné des ordres de ne pas l'informer sur son état de santé. Ils avaient également dit qu'ils s'en chargeraient eux-mêmes après une batterie d'examens qu'ils allaient effectuer dans quelques jours. Avec une certaine appréhension, elle poussa la porte et fut étonnée de voir Jacques assis sur le bord de son lit, l'air hagard.

— Je voudrais aller aux toilettes, mais j'ai peur de tomber, j'ai l'impression que mes jambes ne me portent plus.

Pauline se mit à sourire.

— C'est normal, Monsieur Riché, vous êtes encore faible, dans quelques jours, cela ira mieux.

Elle regretta immédiatement ses paroles, car elle venait d'enfreindre une consigne stricte de la part du chef de service. Pauline aida Jacques pour s'asseoir sur les WC et le laissa seul.

— Mieux, mieux, c'est vite dit, fit Jacques, j'aimerais bien que l'on me dise pourquoi je n'ai plus de douleurs depuis quelque temps. Et ma perfusion, c'est vous qui l'avez enlevée ?

— Non, Monsieur, c'est ma collègue. Elle a dû recevoir un ordre.

Jacques ne répliqua pas. Avec l'aide de Pauline, il refit le chemin inverse et se recoucha. Il regarda la jeune femme devant lui qui refaisait le lit. Sa tâche effectuée, elle allait repartir quand Jacques lui demanda de s'approcher. C'est en voyant de près son visage qu'il eut confirmation de ce qu'il avait entrevu.

— Vous avez de très beaux yeux, Mademoiselle. Ma grand-mère avait exactement les mêmes, comment appelle-t-on cela, déjà ?

— Des yeux vairons. La nature m'a fait une petite blague.

Jacques se cala dans son lit. Pauline, sentant qu'il était temps pour elle de s'éclipser, lui souhaita une bonne nuit et referma la porte doucement derrière elle.

***

Bertault était satisfait de lui. Le pervers de Sainte-Anne était sous les verrous et il avait des nouvelles intéressantes sur l'affaire de Charleville-Mézières. Une seconde perquisition de la maison de la victime avait permis de mettre au jour un document imprévu et étonnant par son contenu. La victime, Arsène Belloin, tenait depuis des années, un journal où il notait les événements importants de sa vie, intime et professionnelle ou sociale et parfois, des idées et pensées. Ce document, qui devait être remis à la famille, fut lu par une inspectrice de Charleville. Celle-ci fut intriguée par son contenu et demanda à sa hiérarchie la possibilité d'envoyer le journal à des collègues enquêteurs, car elle avait l'intime conviction que cela pourrait être utile dans leurs investigations. Le commissaire de Charleville renâcla, puis accorda la faveur à l'expresse condition que le journal fut remis à la famille le plus tôt possible.

Bien des années auparavant, à l'école de police, Bertault avait noué des relations solides avec ses collègues élèves. Après avoir réussi leurs examens de fin de promotion et avant de se quitter, ils s'étaient promis de rester en contact de temps à autre. Certains avaient tenu leur promesse, d'autres étaient restés silencieux. Parmi ceux qui avaient gardé contact, il y avait une jeune femme, Claude Masson. C'était une sculpturale brune aux yeux verts qui n'avait jamais froid aux yeux, surtout quand il s'agissait de se faire remarquer. Un soir, après une séance de close-combat éprouvante, elle avait estimé que les douches des filles n'étaient pas assez chaudes, tandis que ses collègues féminines supportaient la tiédeur de l'eau, furieuse et court vêtue, elle traversa le hall et alla rejoindre les garçons dans leurs douches. Nue comme un ver, elle s'installa et commença à se laver comme si de rien n'était. Ce fut la panique parmi les mâles qui s'éclipsèrent très vite et bientôt, il n'y eut plus que la jeune femme et Bertault dans la douche. Une fois rincés, ils se dévisagèrent quelques instants et éclatèrent de rire simultanément. Dénudée, cette grande fille aux seins lourds et la taille épaisse n'avaient plus le même attrait que lorsqu'elle était parmi les élèves, en cours ou aux exercices. Cet épisode se termina par une soirée au restaurant où ils purent faire plus ample connaissance. Quand ils furent partis dans leurs affectations respectives, ils s'oublièrent doucement. Un matin, alors que Bertault était occupé à résoudre une sale affaire de pédophilie supposée, une secrétaire administrative posa une lettre sur son bureau. Bertault, prit la missive et instinctivement, chercha d'où elle venait en tentant d'identifier la flamme d'oblitération sur le timbre, Charleville-Mézières apparut distinctement. Il se gratta la tête, eut beau chercher, il ne connaissait personne dans cette ville. Une fois ouverte, il y découvrit un faire-part de naissance et un petit mot sur un bristol.

Bonjour, Johnny, je te présente Arthur, né le 16 janvier 1989 à 23 h 30

Bertault, qui n'avait guère l'habitude d'être interpellé par son prénom, fut surpris par la photo qui accompagnait le petit mot. Il reconnut tout de suite la jeune maman, c'était Claude Masson, mais elle s'appelait désormais Claude Gressini. Bertault renvoya un petit mot de félicitations à la petite famille. Ce fut le début d'une série de lettres échangées entre eux. Les années passant, il reçut un autre faire-part de naissance pour une Audrey, puis pour un garçon prénommé Pierre. Au début des années deux mille, Internet changea la donne dans leur relation épistolaire, par l'intermédiaire de leurs boîtes e-mail respectives, ils purent rester en contact de temps à autre, au gré de leurs disponibilités.

L'officier ouvrit le journal d'Arsène Belloin, fraîchement arrivé sur son bureau. Une feuille de papier, aspirée par la couverture, tenta de prendre son envol. Bertault, prestement, la plaqua sur son bureau. L'écriture manuscrite attira son œil plutôt habitué aux formulaires impersonnels de l'administration policière :

Cher collègue,
Je t'envoie ce document pour que tu puisses le consulter à ta guise. J'y ai mis des marque-pages aux endroits qui me semblent intéressants. Dès que tu estimes qu'il ne t'est plus utile, renvoie-le-moi. Comme tu dois t'en douter, je me remets difficilement de la mort de Christophe, j'ai beau me dire que c'est les risques de notre métier, je ne l'accepte toujours pas.
Cela dit, les enfants vont bien, Audrey revient dans un mois de son stage dans la police de New York. Bonne lecture, porte-toi bien et ne m'oublie pas.
Claude.

Bertault plia la feuille et la mit dans un tiroir où il était le seul à accéder. La mort du mari de Claude lui avait mis un sacré coup sur le moral. Un hold-up qui tourne mal, un dingue en bagnole qui panique, fonce sur vous et c'en est terminé de la vie, cela arrivait presque tous les jours. Chaque fois qu'il embrassait Sophie avant d'aller au travail, il pensait que c'était peut-être la dernière fois qu'il là voyait. Pour cela, entre eux, le sujet était soigneusement évité.

Le journal de Belloin débutait, étrangement, par son service militaire. Du style d'écriture se dégageait une impression de désœuvrement propre à la vie de caserne. Bertault passa les épisodes familiaux, le mariage, les gosses qui arrivent. Il retrouva les marque-pages évoqués par sa collègue policière. La période remarquée se situait dans la carrière professionnelle de Belloin. L'écriture était nerveuse, les lignes peu parallèles par endroits, comme si la rédaction du texte avait été faite à la hâte. L'officier entra doucement dans le passé d'un homme simple et peu instruit, ayant gravi peu d'échelons dans son travail, mais ceux-ci étaient sans nul doute méritoires.

12 juillet :
Dure journée, les machines tournent parfaitement, les gars aussi. Tout irait bien s'il n'y avait pas cette espèce de bon à rien que le patron a embauché pour l'été. Ce Jacques m'emmerde, il faut que je fasse quelque chose.

17 juillet :
Quel connard ce Jacques Riché, si tous les types du sud sont comme lui, ça doit être beau là-bas. Il a osé me frapper, heureusement, le patron l'a viré. Bon débarras.

Bertault ouvrit de grands yeux, un grand pan de l'énigme du crime de Charleville venait de s'effondrer. Il tenait cette fois-ci, un argument imparable pour demander un mandat d'arrêt contre un certain Jacques Riché. En passant dans le couloir menant au bureau du commissaire, il se demanda si, un jour, il serait le boss, lui, aussi.

***

Le lieutenant hésita un instant avant de frapper au n° 3 de la rue Albert Pontreau. Trois heures auparavant, il venait d'essuyer un échec cuisant devant Nakache, son adjoint. Après des recherches approfondies, ils avaient trouvé deux Jacques Riché dans la ville : un en banlieue et un en centre-ville. Bertault avait décidé, sur un coup de tête, de rendre visite à celui qui habitait en banlieue. Ce fut un vieux monsieur qui ouvrit, la conversation fut tendue, car dérangé dans l'écoute de la radio matinale, le maître des lieux était de fort mauvaise humeur. Bertault dut battre en retraite, forcé de constater que la personne devant lui ne pouvait être celui qu'il cherchait.

Bertault frappa une fois, puis deux fois. Il se retourna vers Nakache.

— Bon, visiblement, il n'y a personne, il va falloir que l'on revienne à l'heure légale.

Nakache monta sur le perron et posa sa main sur la poignée de la porte. À la grande surprise des deux policiers, la porte s'ouvrit. Une fois entrés à l'intérieur, ils ne purent que constater l'absence d'occupant dans la maison. Nakache s'apprêtait à monter au premier étage quand une porte s'ouvrit. La jeune femme qui en sortit, à la vue des policiers, lâcha son balai, pelle et seau à instruments pour le ménage. Tétanisée, elle n'osait bouger. Sur l'insistance de Nakache, elle se mit à descendre doucement dans l'escalier.

— Bonjour, je suis le lieutenant Bertault et voici mon adjoint, Akim Nakache. Nous voudrions voir M. Riché. C'est bien ici qu'il habite ?

Effrayée, la jeune Coréenne se tenait fermement à la rambarde de l'escalier et ne voulait pas descendre plus loin, Nakache sentit qu'il y avait un malaise.

— Qui êtes-vous et que faites-vous ici ?

La jeune femme se baissa doucement, ramassa son balai, son seau et se mit à redescendre pour arriver jusqu'au pied des policiers.

— Je m'appelle Suhu, je suis employée par la société *Netnettoyage*. M. Riché n'est pas là, je ne l'ai vu qu'une seule fois depuis que je viens ici.

Bertault sentit que l'affaire allait être compliquée.

— C'était quand la dernière fois ?

Suhu hésita un instant, car elle n'était pas sûre d'elle.

— Il y a environ un mois.

— Bien, merci. Vous permettez que nous jetions un coup d'œil à la maison ?

— Oui, allez-y.

Nakache et Bertault se séparèrent. Ils fouinèrent un peu partout, regardèrent le courrier qui s'amoncelait dans une panière. Ils revinrent bredouilles, n'ayant aucun indice qui pouvait indiquer où se trouvait celui qu'il cherchait. Tout d'un coup, Nakache revint vers la panière de courrier et en sortit trois missives identiques.

— Regarde, Johnny, ce sont des courriers venant d'un cabinet de cancérologie, elles sont toutes les trois arrivés il y à quinze jours. Supposons que notre homme ait un cancer, peut-être est-il hospitalisé quelque part dans la ville ?

— Pourquoi pas ? Si c'est lui qui a commis les crimes sur lesquels on enquête, je ne pense pas qu'il se soit réfugié au CHU de la ville, une petite clinique discrète dans un coin paumé serait pour moi, plus plausible. Pour le retrouver, cela va être coton.

Nakache allait reposer les lettres où il les avait prises quand son regard fut attiré par un objet passé inaperçu jusqu'à présent. Il s'approcha, prit une boîte de comprimés.

— De l'opinadérine ! Cela confirme mon hypothèse.

Bertault se rapprocha.

— Tu peux m'éclairer ?

— C'est un tout nouveau médicament pour le traitement de la douleur chez les personnes atteintes de cancers particulièrement violents. Si celui que nous cherchons prend ce genre de médicaments, cela veut dire qu'il est très mal en point, ou pire.

— Ben dit donc, j'ignorais que tu avais fait des études en pharmacologie !

Nakache, modeste, se justifia.

— Mais non, c'est ma copine qui m'en a parlé, elle est infirmière de nuit au CHU.

Bertault fit le tour de la pièce d'un regard. La jeune femme avait disparu. Ils la retrouvèrent dans un petit vestibule, où elle mettait son manteau pour partir.

— Madame, prévenez votre employeur de notre visite et dites-lui que nous pourrions avoir besoin des clés de la maison au cas où. Vous deviez revenir quand ?

— C'était ma dernière intervention, après, je ne sais pas.

Bertault saisit au vol l'occasion.

— Dans ce cas, veuillez nous remettre les clés, s'il vous plaît.

La petite Coréenne partie, Bertault et Nakache refermèrent la porte derrière eux.

— Bon, on fait notre rapport à Rioti, et on commence par la clinique Saint-Christophe et on ira après à la Polyclinique Saint-Jean de Dieu.

Nakache resta silencieux, puis sur le retour vers le commissariat, il lâcha :

— J'ai noté l'adresse du cancérologue en ville, cela pourrait peut-être nous apporter quelques éléments.

— Bien vu, Akim, bien vu.

Chapitre 24

Pauline sortait de sa voiture quand son portable vibra dans son sac à main. Fébrilement, elle arriva à joindre son correspondant avant que celui-ci soit basculé sur la messagerie. C'était Anthony, son mari qui l'informait qu'il ne rentrerait que demain soir, car une panne générale le bloquait à Paris avec toute son équipe d'informaticiens, ils devaient impérativement remettre en route le système le plus tôt possible, sinon la plupart des agences bancaires de France seraient incapables de fonctionner correctement. Pauline, irritée, comprit vite que ses espoirs de nuit câline avec son homme étaient remis à plus tard. Après avoir raccroché, elle décida d'aller dormir chez sa mère : au moins, elle ne passerait pas la soirée seule.

L'enfant dormait profondément quand sa mère vint le voir avant de dîner, elle referma la porte sans bruit. Dans la cuisine, Éliane s'affairait, en femme d'intérieur irréprochable, elle mettait un point d'honneur à ce que sa maison soit parfaitement rangée. L'agitation de sa mère faisait souvent sourire Pauline, l'ayant toujours vu s'activer ainsi, du matin au soir, tandis qu'elle était plutôt nonchalante, ne faisant que le strict minimum pour que son appartement soit bien tenu. Pour ne pas être en reste, elle voulut aider sa mère à la préparation du dîner.

— Non, non, laisse, Pauline, tu as eu ta journée de travail, tu dois être fatiguée.

Elle mit tout de même le couvert, rangea un peu de vaisselle venant de l'égouttoir, consulta son horoscope sur un magazine vieux de deux semaines, rare rescapé de la tornade ménagère Éliane. Quand le dîner fut prêt, elles passèrent à table. Les occasions de se retrouver en tête-à-tête se faisaient de plus en plus rares pour les deux femmes. Chacune avait son métier, ses loisirs, sa vie intime. Pour Éliane, le bonheur s'était arrêté un soir de décembre, quand elle avait trouvé Alain, son mari, allongé près de l'escalier en bois montant à l'étage. Le médecin avait conclu que le décès ne venait pas d'une chute dans l'escalier, mais d'une crise cardiaque. Depuis, elle vivait seule, quelques hommes avaient bien franchi le seuil de sa chambre, mais ils n'étaient pas restés le lendemain matin. La soupe fumante fut un délice pour Pauline, qui eut le même geste que sa mère, c'est-à-dire mettre des tranches de pain rassis dans son assiette. Cette tradition, entretenue farouchement par le grand-père d'Éliane, plaisait beaucoup à Pauline. Un pot de rillettes maison circula un moment, puis ce fut le fromage et pour terminer, une crème brûlée, spécialité dominicale d'Éliane, qu'elle continuait à perdurer malgré le départ de Pauline de la maison quelques années auparavant.

Assises dans le canapé en tissu bleu ardoise, une tasse de tisane à la camomille dans la main, elles conversèrent du temps qu'il faisait, de la crise économique et du premier mariage gay qui avait eu lieu dans la ville. Il y eut un moment de silence entre la mère et la fille. Éliane en profita pour terminer sa tasse de tisane et estima que c'était le moment ou jamais d'évoquer avec sa fille le sujet qui la préoccupait depuis fort longtemps. Elle posa sa main sur la cuisse de Pauline.

— Ma fille, je crois qu'il est temps que tu saches certaines choses qui se sont passées dans ma vie, avant que je t'aie.

Prudemment, Pauline posa sa tasse sur la table basse en bois sombre.

— Maman, c'est ta vie, je n'ai peut-être pas à savoir…

— Taratata. C'est important pour moi comme pour toi.

Intriguée, vaguement inquiète, Pauline se repositionna dans le canapé.

— Vas-y, je t'écoute.

— Voilà : Alain n'est pas ton père. Il ne pouvait par avoir d'enfants.

La jeune femme eut un mouvement de recul. Vingt-cinq années de certitudes venaient de s'effondrer brutalement.

194

— Quoi ? Mais qui est-ce, alors ?

— Quand nous sommes arrivés dans la ville, j'avais treize ans à peine. J'ai fait la connaissance d'un garçon de mon âge, ce fut mon premier amour. Un autre garçon, un peu voyou, jaloux et caractériel, a tenté de me violer, je me suis défendue comme j'ai pu. Arrivée à la maison, ma mère a attendu mon père pour décider de la suite à donner aux événements, finalement, mes parents ont porté plainte auprès de la police. Ta tante, Géraldine, à qui j'avais raconté mes mésaventures, s'est précipitée le lendemain pour tout répéter à mon petit ami. À la récréation, il a voulu faire une grosse tête à celui qui m'avait agressé, mais il n'en a pas eu le temps, car le directeur les a séparés. Le voyou a été viré, Jacques a eu quelques heures de colle seulement. Je suis sorti avec ce garçon jusqu'à ce que ton grand-père soit muté dans le nord de la France. Trois ans plus tard, j'ai rencontré Alain, dans un bar miteux de la banlieue de Colmar. Il pleuvait à seaux, j'étais trempée comme une soupe, je ne devais pas être belle à voir. Je me suis mise à côté de lui, car il y avait un radiateur de chauffage. Nous avons parlé, parlé, jusqu'à la fermeture du bar. Nous nous sommes revus, puis j'ai commencé une liaison avec lui. Le problème, c'est qu'il avait une fiancée officielle, une espèce de petite bourgeoise qui comptait bien se marier avec lui. Alain, depuis qu'il m'avait rencontré, n'était plus très chaud de continuer avec cette pimbêche. J'ai insisté pour qu'il rompe avec cette fille et c'est ce qu'il a fait. Juste avant l'été, Alain m'a avoué qu'il avait eu les oreillons pendant son adolescence et qu'il courait le risque de n'être jamais père. Sur le coup, je n'ai rien dit, je l'aimais follement, j'étais certaine que je trouverais une solution au cas où. En plein été, Justine, une copine de fac, me demande si je ne voulais pas passer les vacances avec elle à Étretat. Je lui ai dit oui, car Alain était parti faire la saison des fruits en Belgique. C'est sur une plage près d'Étretat que j'ai revu mon premier amour. Il a passé le week-end avec nous. Un mois plus tard, de retour chez moi, je me suis aperçue que j'étais enceinte. Alain a été bien compréhensif quand je lui ai dit la vérité, il m'a simplement demandé si je voulais l'épouser, je lui ai dit oui, sans hésiter. Voilà, tu sais tout désormais.

Pauline, prostrée sur le canapé, regardait maintenant sa mère, comme une bête curieuse.

— Et tu n'as jamais essayé de revoir ce type pour lui dire que j'étais sa fille ?

— Non, j'étais heureuse avec Alain, tu avais un père, c'était tout ce qui comptait pour moi.

Elles restèrent quelques minutes sans rien dire, comme si tout était consommé entre elles. Éliane se leva, s'engouffra dans un cagibi et revint avec une boite en bois laqué noir d'où elle sortit une toute petite photo, format pour carte d'identité. Dans ses mains, Pauline scruta la photo, un beau jeune homme y était dessus, le sourire mi-amusé, mi-sérieux.

— C'est lui, lâcha froidement Éliane.

— Je suis fatigué, Maman, pour ce soir, ça me suffira. Si tu veux bien, je vais dormir ici.

— Dans ce cas, viens, on va préparer ton lit.

***

Émergeant d'un demi-sommeil, Jacques s'aperçut qu'il pouvait voir les lumières de la ville au loin, lucioles artificielles dans la civilisation humaine et en concluait que l'infirmière de nuit avait encore oublié de descendre les volets roulants électriques. Il pensa aux chats, qu'étaient-ils devenus ? Archi connus dans le quartier, ils trouveraient facilement un nouveau foyer. Il tourna la tête vers la porte, un rai de clarté passait dessous, mais celui-ci n'était pas assez fort pour créer ce halo de lumière qui tentait de l'entourer soudainement. Il regarda à nouveau vers la fenêtre, une vague forme humaine venait vers lui. D'abord intrigué, Jacques hésitait maintenant entre la peur et la curiosité. Dès que l'ombre menaçante fut sortie de l'espace lumineux entourant Jacques, il reconnut aussitôt la personne en face de lui. Des cheveux courts, un ovale du visage parfait, mélange de grec et d'égyptien, un blouson et une jupe de cuir noir, des bas richement ouvragés, le sourire énigmatique, oscillant entre menace et bonté, ce ne pouvait être qu'elle, la femme qu'il avait rencontrée dans le TGV Paris-Hendaye.

— Bonsoir, Jacques. Je ne vous dérange pas, j'espère ?

Jacques, qui ne comprenait pas, répondit négativement et lui demanda pourquoi elle était ici.

— Votre question m'étonne. Ce soir, c'est vous que je viens chercher.

Jacques haussa les épaules.

— Venir me chercher ? Comment voulez-vous que je vous suive ? Je suis infirme, je tiens à peine debout.

— Faites un effort, venez près de moi.

Jacques tira ses draps sur le côté et entreprit de s'asseoir sur son lit. Tout doucement, il posa les pieds sur le sol et fit un pas en avant. Aucune douleur dans les jambes, celles-ci fonctionnaient parfaitement. Il fit le tour du lit en se tenant à la rambarde en inox. Presque à regret, il lâcha celui-ci et parvint sans encombre près de la jeune femme. C'est à ce moment qu'il s'aperçut de la couleur des yeux de celle qui était venue pour lui : ils étaient jaunes d'or. Il s'en inquiéta quelques secondes, mais ce qu'il vit dès qu'il se retourna l'effraya encore plus : devant lui, il y avait un lit d'hôpital où était allongé un homme immobile semblant dormir. Jacques, qui venait subitement de comprendre, voulut s'approcher du lit, la jeune femme lui prit fermement la main.

— Non, Jacques, c'est fini.

Une lumière crue se fit dans la chambre quand rentra l'infirmière de nuit. Elle eut un temps d'arrêt, regarda les lumières de la ville au loin, puis reprit sa marche. Après avoir éteint l'alarme du monitoring, elle contrôla le pouls et la respiration de l'occupant du lit devant elle, nota l'heure et appela l'interne de service.

Revenu de la chambre 707, l'interne signa quelques papiers et repartit vers les urgences où il était appelé. Sharann prit une chaise et vint s'asseoir près de sa collègue.

— C'est bizarre, tout à l'heure, quand je suis entré dans la 707, il y avait une odeur de soufre.

— Ah bon ? Je n'ai rien remarqué de tel quand j'ai pris mon service tout à l'heure.

— C'est peut-être moi qui me fais des idées.

Claudette alla se verser un dernier café, l'équipe de jour serait là dans une heure, le service allait s'animer pour une nouvelle journée.

Pendant ce temps, à quelques encablures du CHU, une jeune femme était en train de mettre au monde son premier enfant. Le père, à côté d'elle, la soutenait en lui tenant la main.

— Allez-y, Madame, poussez, poussez, on y est presque, encore, encore.

Fhella cria au moment où l'enfant fut expulsé, la sage-femme récupéra le nouveau-né et le posa sur le ventre de sa maman.

— Voilà, c'est fini. C'est un beau garçon.

Les aides-soignantes s'affairèrent autour de la jeune maman. Matthieu, épuisé par sa nuit blanche, laissa un moment Fhella et alla boire un café. Debout devant la fenêtre, tout en regardant le jour se lever, il se demanda où pouvait bien être son père, celui-ci ne répondant pas à ses nombreux messages.

***

Pauline remuait depuis un bon moment son chocolat au lait. Elle n'avait pas vraiment faim, elle avait mal dormi, son sommeil avait été peuplé de cauchemars aussi effroyables les uns que les autres. Sa mère, déjà partie au travail, ne reviendrait qu'à midi passé. Elle abandonna d'un coup son petit déjeuner et prépara Félix pour l'emmener chez sa nourrice.

Dans les vestiaires de l'hôpital, la conversation avec sa mère n'avait pas cessé de trotter dans sa tête, inlassablement, elle revenait en boucle. Pauline se demandait où pouvait se trouver son vrai père, avait-il lui-même des enfants ? En fait, elle ne savait rien de lui. Dans tous ces remous, elle n'oubliait pas Alain, qui avait été un merveilleux père pour elle, sa mort l'avait choquée. De plus, enceinte de deux mois, elle avait eu très peur de perdre son enfant. Heureusement, Anthony avec

198

toute sa tendresse d'homme attentionné, lui avait permis de passer ce cap douloureux. En pensant à son homme, elle se mit à sourire. Tout en sachant qu'elle allait le retrouver ce soir, elle n'arrivait pas à se décider si elle devait lui annoncer cette drôle de nouvelle avant de faire l'amour ou après, des images défilèrent dans sa tête, une douce envie commença à l'envahir.

— Un peu de sérieux, ma fille !

Pauline se surprit à parler toute seule. Elle regarda autour d'elle, puis fut rassurée, il n'y avait personne dans les grandes rangées de casiers bleu et gris. En montant l'escalier qui menait au grand hall du rez-de-chaussée, elle consulta sa montre. Deux heures d'avance sur le début de service ! Si elle rencontrait sa chef, l'explication sur sa présence serait difficile à trouver et quant à dire la vérité, cela était tout bonnement impensable. Les portes de l'ascenseur s'ouvrirent sur le septième étage, Pauline respira un bon coup et s'élança vers le couloir qui menait au service de cancérologie. Elle ne croisa pas de chef, mais ses collègues qui furent surprises de la voir ici. Elle les salua discrètement, puis, passant devant le bureau des infirmières, elle accéléra son pas, presque malgré elle. Arrivée devant la chambre 701, elle entendit distinctement une voix identifiable sans peine : c'était celle de Madeleine Degret, la chef de service.

Pauline continua imperturbablement sa trajectoire vers le fond du couloir, une seule priorité comptait pour elle, savoir si son intuition était la bonne. Elle poussa la porte de la chambre 707 et eut un véritable choc. La chambre était vide, le lit, le meuble supportant l'appareillage médical, tout avait disparu. Deux femmes, agents hospitaliers, balais et chiffons à la main, terminaient le ménage dans la pièce, l'ouverture soudaine de la porte avait stoppé leurs gestes maintes fois répétés. Pauline fit un pas, sur une table se trouvaient un trousseau de clés, un téléphone portable, quelques pièces de monnaie et un portefeuille ouvert. Celui-ci attira l'œil de Pauline. La photo sur le document officiel lui glaça littéralement le sang, elle recula, la gorge serrée, espérant vaguement autre chose que la réalité qu'elle se refusait à comprendre. Une horrible angoisse monta en elle, tout près, une petite voix l'appela par son prénom, c'était une stagiaire en deuxième année d'école d'infirmière.

199

— Pauline, tu aurais dû passer nous voir au bureau, avant de...

— Il est mort, n'est-ce pas ?

La stagiaire hésita deux secondes de trop. Pauline se retourna et attrapa la jeune fille par le col de sa blouse.

— Où est la personne qui était ici ? Réponds-moi, Maureen, s'il te plaît.

Effrayée, la stagiaire essaya de desserrer l'emprise de la main de Pauline.

— Je venais juste d'arriver ce matin quand ils l'ont emmené en bas.

Pauline lâcha la jeune fille et recula jusqu'à rencontrer un mur, elle tomba à genoux, les mains sur son visage et poussa une longue plainte.

— C'était qui pour toi, cette personne ?

Pauline se releva son visage, baigné de larmes.

— C'était mon père.

Il y eut un brouhaha dans le couloir, deux hommes entrèrent dans la chambre et firent le tour de la pièce.

— Il n'y a personne ici, fit l'un d'eux.

— Quelqu'un peut nous dire où est Jacques Riché dans cet hôpital ? Demanda un autre.

Une femme, la cinquantaine élégante, s'approcha des deux arrivants.

— Moi, je le sais, mais d'abord, qui êtes-vous, Messieurs, et que voulez-vous ?

Les policiers déclinèrent leurs identités. La chef de service exposa la situation et les invita à se rendre dans son bureau où ils pourraient parler au calme. Pauline ne comprenait pas ce qui se passait, qui était ces gens, elle aurait voulu être ailleurs, ne pas savoir, oublier.

200

Chapitre 25

Marie, de retour de son séminaire de Paris, mit plusieurs jours avant de comprendre réellement ce qu'il s'était passé. Une fois retombée l'agitation créée par l'affaire, elle revint habiter sa maison en centre-ville, Maria ne résista pas longtemps pour la rejoindre. Les chats ne revinrent jamais plus dans l'appartement, préférant le douillet canapé de la maison du fond du parc. Un samedi matin, alors qu'elle triait des papiers sur le bureau de Jacques, Marie découvrit dans un tiroir une enveloppe kraft cachetée, sur la face, il y avait une inscription :

Pour toi, Marie.

Elle ouvrit le pli. À mesure qu'elle parcourait les feuillets contenus dans l'enveloppe, Marie se rendait compte qu'elle n'avait rien remarqué, rien compris. Pleurant toutes les larmes de son corps, elle se traita d'idiote et de sotte, n'ayant pas été seulement capable de réaliser à quel point Jacques l'aimait, jusqu'à la folie.

***

Bertault referma le dossier « Affaire Riché ». Bien que cet épisode dans sa vie d'officier de police fût maintenant vieux de presque une année, il avait tenu, avant d'envoyer le dossier aux archives, à le consulter une dernière fois. Cette affaire étrange, qui n'aurait peut-être pas été résolue sans la présence de ce radar automatique sur la route de Charleville-Mézières, ne l'avait pas laissé indifférent par rapport à d'autres que sa mémoire redoutable n'avait pas retenus depuis. Il n'oublierait pas de sitôt ce meurtrier qui avait su tirer habilement sa révérence, quelques heures avant son arrestation.

Presque mécaniquement, il commença à débarrasser son bureau, mettre des objets dans un carton gris qu'il emporterait tout à l'heure. Il se sentait comme dans une scène de feuilleton policier américain où l'inspecteur ayant commis une faute grave partait la mort dans l'âme après avoir remis son arme et son étoile sur le bureau de son chef. Nakache entra en trombe dans le bureau et fut arrêté net par l'attitude de son coéquipier.

— Ah, c'est vrai, c'est pour demain. Pas trop inquiet ?

Bertault haussa les épaules.

— Que veux-tu, Akim, cela devait arriver un jour, on en avait parlé, n'est-ce pas ?

— Oui, je ne m'étais pas imaginé que cela arriverait aussi vite.

— Moi non plus et puis, je ne serais pas trop loin, juste au fond du couloir, à gauche.

Ce fut le tour d'Akim de hausser les épaules.

— Ce n'est pas ça qui me chagrine. C'est plutôt que maintenant, je vais devoir t'appeler M. le commissaire et te dire « vous ».

Bertault referma le carton, le prit dans ses bras et fixa froidement Akim.

— Vous avez intérêt, Lieutenant Nakache, ainsi que votre coéquipière qui arrive demain matin.

Nakache lâcha la pile de papiers qu'il avait en main, celle-ci s'étala à travers le bureau.

— Quoi ? C'est une fille qui sera avec moi ? Chouette alors !

Bertault leva les yeux au ciel.

— Ingrat personnage, tu m'as déjà oublié…

202

Épilogue

La 3008 s'immobilisa doucement sur le parking. À cette heure-ci, les visites étaient rares, Pauline était certaine qu'elle rencontrerait peu de gens. Elle descendit de voiture, le vent froid de fin d'automne lui fit refermer son manteau de laine noir. Éole, facétieux, fit s'envoler sa longue chevelure brune. Elle regretta un instant de ne pas avoir noué ses cheveux, car depuis qu'ils étaient très longs, elle aimait les laisser détachés, c'était sa liberté à elle, hors des convenances et des codes esthétiques. Un pot de chrysanthèmes à la main, la jeune femme marchait dans le jardin de pierre, où seules fleurissent les fleurs de l'oubli et les compositions de circonstances. Le marbre brillant d'une tombe neuve attira son œil. Le nom inscrit, gravé en lettres d'or fit sursauter son cœur, stoïquement, elle continua son chemin, elle n'était pas venue pour lui, mais pour quelqu'un d'autre, infiniment cher à son cœur. Le monument trouvé, elle déposa sa charge sur la pierre tombale. Comme à chaque fois qu'elle venait, elle lut l'inscription sur la façade :

Alain Perrot
1956-2008

Depuis qu'elle savait que son histoire était différente que celle qu'on lui avait inculquée, Pauline avait redoublé d'admiration pour cet homme qui l'avait élevé comme sa fille tout en connaissant la vérité. Elle n'en voulait plus à sa mère, ayant compris tardivement qu'elle n'avait aimé que deux hommes dans sa vie : l'un lui avait fait un enfant, l'autre donné une vie, une existence.

Le vent de novembre intima à Pauline qu'il était temps de rentrer. Elle fit quelques pas et s'arrêta, pétrifiée par ce qu'elle avait devant elle. En face de la tombe neuve se tenaient à présent deux femmes soudées par leurs mains. L'une, blonde, filiforme, flottante dans son long manteau beige, l'autre brune, vêtue d'un jeans et d'une veste en cuir marron. Pauline, au prix d'un effort surhumain, reprit sa marche. Intuitivement, elle avait deviné laquelle était l'épouse de Jacques, mais qui était l'autre personne qu'elle tenait par la main ? Une sœur ? Une amie ? Arrivée à dix mètres des deux femmes, Pauline fit une pause, elle caressa son ventre bien rond sous son manteau et eut une pensée douce pour le petit être qu'elle protégeait comme une louve depuis qu'il était là. Les deux femmes, toujours main dans la main, s'éloignèrent vers la sortie. Soulagée et heureuse d'avoir vu la femme qui avait partagé la vie de son vrai père, elle reprit son chemin vers sa voiture.

Un jour, c'est certain, elle lui parlera.

La Chapelle Montreuil,
Janvier 2014 – Décembre 2014

Table des Matières

208